後宮の不憫妃
転生したら皇帝に“猫”可愛がりされてます

枢　呂紅 Roku Kaname

アルファポリス文庫

https://www.alphapolis.co.jp/

目次

後宮の不憫《ふびん》妃

転生したら皇帝に〝猫〟可愛がりされてます

一章　不憫妃《ふびん》の転生

思えば、愚かな人生だった。

齢《よわい》は十四。ほんの小娘だった私は、初恋のひととの縁談に胸を躍らせた。

自分は幸せになる。彼もまた、自分を待ってくれているはず。そう信じて龍華国《りゅうかこく》に輿入《こしい》れした私は、年相応に夢見がちで、年相応に世間知らずだった。

だが、すぐに現実を知る。

淡く胸焦《むねこ》がす幼き日の初恋は遠く過ぎゆき、目の前にあるのは無慈悲な事実だけ。

想いびとは私の住まう翠玉宮《すいぎょくぐう》には通わず。四季の行事で並ぶことがあっても視線は交わさない。あのひとは、私ではない妃のもとを訪れる。

——ずっと苦しかった。あのひとは、いつか私を見てくれるはず。瞳に私を映し、かつてのように手を取って微笑《ほほえ》んでくれる。

思い出に縋《すが》り、可能性に夢を見たけれど、願いが叶う日は訪れず。あっという間に三年の月日が流れた。

このまま私は後宮《ここ》で枯れるのだ、と。

察しの悪い頭がようやく現実を受け入れた頃、私は体調を悪くした。

龍華国に来てからは食が細くなって弱っていたし、何より心労が祟《たた》ったのだろう。

この国に来てから後ろ盾となってくれた周《シュウ》大臣はそう言った。

大臣は腕のいい医務官を呼んでくれたし、女官たちも精一杯私を励ましてくれた。

だけど、私の身体は日増しに弱っていった。長く起きていられなくなり、だんだんと一日の大半の時間を床《とこ》の中で過ごすようになる。

そんな、ある日だった。あのひとが突然、翠玉宮を訪れたのは。

劉飛龍《リウフェイロン》――大好きな、私の皇子様。

寝込んでいたくせに、美しいあのひとを前にして、私の胸は熱く高鳴った。

ああ。やっと、貴方は来てくれた。

頬が熱く、胸が痛い。早くなる鼓動に、声すらうまく出せなかった。

だけど。だけど飛龍は、重い身体を起こして床の上に平伏する私をひと目見るなり、血相を変えた。

「こんなものを……こんなものを、妃に飲ませるな！」

叫んだ飛龍が払いのけたのは、医務官が煎《せん》じてくれた薬だ。

碗から液体が飛び散り、女官たちが悲鳴をあげる。茫然《ぼうぜん》とする私を、飛龍は恐ろしく冷たい目で見下ろした。

どうしたことだろう。彼は私に興味がなかったのではない。いつの間にか私は、彼に憎まれていたようだ。

その日のうちに、翠玉宮の人員は飛龍の手で総替えされた。あんなによくしてくれた医務官も、あんなに支えになってくれた女官も。皆が皆どこかへ連れていかれた。

代わりに来たのは、名も知らぬ、にこりとも笑わないひとたちだ。

私はついに、ピクリとも床から動けなくなる。

飛龍にあんな目を向けられたことも、親しかったひとたちを遠ざけられたことも、何もかもが信じられなかった。

どうして。うわごとのように乾いた唇で呟《つぶや》きながら、私は衰弱していった。

――飛龍。私の皇子様。

澄んだ夜を溶かし込んだような黒髪が好きだった。白く陶器のような肌が羨《うらや》ましかった。涼しげな切れ長の目から覗《のぞ》く、深い海の底のような藍色《あいいろ》の瞳も。随分広くなった肩幅も。すっかり成長した姿にドキドキしたけれど、やっぱり笑顔が見たかった。

飛龍。どうして。

瞬《まばた》きもしていないのに、涙が零《こぼ》れて頬を焼く。

貴方を愛していた。貴方に愛されたかった。たとえそれが叶わなくとも、貴方にだけは憎まれたくなかった。

どこで間違えたのだろう。何がいけなかったのだろう。夢を見たから。私が力のない田舎《いなか》国の姫だから。

ああ、けれど。私を嫌悪するほど、貴方は私を見てもくれなかったのに。

そうして終わる、私の世界。燃え尽きた太陽が沈み、代わりに夜の帳《とばり》が落ちる。

「――どうぞ警戒なさるな、翠花《スイファ》様。それがしは、飛龍様より遣わされた術師にありますゆえ」

力なく床《とこ》に伏したまま、夜闇のように真っ黒の装束を纏《まと》うそのひとを見上げて思った。

彼こそが私を殺すひと。飛龍が私に遣わした死神なのだと。

「目を閉じ、それがしの声に耳を傾けるのです。ええ、そう……」

抵抗はしない。する気もない。どうせなら早く終わらせてくれとさえ願う。

貴方を愛していたけれど。本当は貴方に愛されたかったけれど。それが叶わないのなら。私の死が、貴方が私に望む唯一ならば。

死神のようなそのひとの声が遠ざかっていく。意識が徐々に薄れ、自分というものが闇に溶けていくのがわかる。

それでいい。それがいい。恋をする喜びも悲しみも苦しみも、何もない世界に私は逝《ゆ》く。

そうして最期《さいご》に私は願う。

どうか。どうか来世は、愛し愛される一生を迎えられますように――


そう、神に願いを託して、あの世に旅立ったはずなのに。

「きゃあ！　薄汚い野良猫！」

「ちょっと！　着物が汚れてしまうじゃないの！」

「あっちへお行き！　しっ、しっ！」

女官たちの心ない罵倒《ばとう》に、私は涙目になりながら箒《ほうき》の間を逃《に》げ惑《まど》う。

涙目というのは比喩《ひゆ》表現だ。

だって、生まれ変わったこの身体では、人間みたいにはハラハラと涙を零《こぼ》せないのだから。

（なんで……なんで私、猫に転生しちゃってるの――――⁉）

＊　　＊　　＊

というわけでして、はい。

私、琳《リン》翠花は猫に転生しました。名前はまだない。しがない野良ですので。

……いやいやいや。なんで猫？　なんで転生？　ていうか、なんで翠玉宮にいるの⁉

隠れた生垣の陰で、私は改めて現状を振り返る。

翠花としての意識が戻ったのは、つい先ほどだ。気がついたらこの姿だった。

猫の身体に、翠花《わたし》の魂《たましい》が憑依《ひょうい》したと言ったほうが正しいかもしれない。とにかく私は猫になって、翠玉宮の軒下《のきした》にいた。

自分で言うのもなんだけど、生前の私はなかなかの美人だった。

小さい頃から色白で、翡翠《ひすい》色の瞳にちなんで「珀虎国《はくここく》の翡翠石《ひすいせき》」なんて呼ばれていたのだ。母様には「お転婆《てんば》のくせに、外見だけはしっかりお姫様なのよねえ」なんて、よく呆《あき》れられていたっけ。

なのに、ぷにぷにの肉球ー⁉　しっぽー⁉　耳ーーーー⁉

自分がもっちり丸い子猫のわがままボディに変わっていることに驚愕《きょうがく》した私は、混乱そのままに軒下《のきした》を飛び出す。もちろん迂闊《うかつ》だった。

案の定、すぐさま後宮の女官に見つかり、「まあ！　汚いネコ！」と箒《ほうき》を手に追いかけまわされ、今に至る。

ひどい理不尽だ。いっぺん死んで生まれ変わったのに、またこの翠玉宮で邪険にされるとか、そんなにも私は徳の足りない人生を送ってきただろうか。

小さな前足を見下ろして、げんなりする。

——翠花として生きた、最期《さいご》のときに目の前に現れたひと。あれは飛龍が抱える影の懐刀《ふところがたな》、陰暁明《インシャヤメイ》だった。

陰暁明は、腰に届くほどの長い髪に漆黒《しっこく》の装束を纏《まと》った美丈夫だ。直接話したのは一度だけだけど、まるで鴉《からす》のような、あんなに目立つ相手を見間違えようがない。

表向きは太暦寮《たいりゃくりょう》に所属する官人だけど、不吉な噂《うわさ》が絶えない人物だ。若くして龍華国の皇帝となった飛龍を、陰から支える術師とも聞く。

そんな男が、飛龍の遣いとして私の枕元を訪れた。その意味がわからないほど、私はもう、夢見る愚かな少女ではない。

私は殺された。琳翠花は、たしかに死んだのだ。

それがなんの因果か、私は猫として生を受け、再びここ、翠玉宮に戻った。おそらくだけど、私が死んでからそんなにときは経っていない。だって見慣れた翠玉宮が、まるっきり記憶にある通りなんだもの。

なんとまあ、とことんついていない。どうせなら、きれいさっぱり縁もゆかりもない国で、気分一新、新たな猫生をスタートしたかった。

もしくは、同じ時代に生まれ変わるなら、いっそ人間がよかった。だったら飛龍をとっ捕まえて、文句のひとつも言えるのに。

文句。そう、文句だ。

一度死んで、頭が冷えたからわかる。

私、悪くないよね？　なんで大人しく死んだ？　飛龍のために死んであげる義理、ひとっ欠片《かけら》もなかったよね？

自分にまったく非がなかったとは思わない。何せ私は、子供の頃の口約束を本気にして、初恋にしがみついていたお馬鹿さんだ。興味のない相手に執着されて、飛龍もさぞや迷惑しただろう。

だからといって、存在をまるっと無視しなくてもいいじゃない。

しかも知らない間に勝手に憎んで、勝手に疎《うと》んじて。挙句、手飼いの暗殺者を送り込んで無慈悲に呪殺までしちゃうとか。仮にも二年、共に学んで共に遊んだマブの幼《おさな》馴染《なじみ》に、そんな仕打ちあります？

ああ、もう。振り返れば振り返るほど、腹が立ってきた。ほんっと、あんな奴のために一杯泣いて、一杯苦しんで。私ってば、なーんて馬鹿だったんだろう。貴方が望むなら死んであげるなんて一度でも思った――どころか、本当に死んでしまった自分が恥ずかしい。

今ならどうするかって？

もちろん！　あの、ムカつくくらいに綺麗に整った顔を思いっきり引《ひ》っ叩《ぱた》いて、喜んで実家に帰らせていただきますとも！

そのとき、バタバタと慌ただしい足音が再び頭上に響いた。

「ねえ、薄汚い子猫、見なかった？」

「部屋の中に入り込んでいたら大変よ」

イマジナリー飛龍を殴るために猫パンチの素振りをしていた私は、慌てて耳を伏せて小さくなる。しつこいことに、女官たちはまだ私を探しているらしい。

よし、逃げよう。

私はいともあっさり決意した。

翠玉宮にいい思い出はない。何より、女官がいるということは、翠玉宮には既《すで》に別の妃が住んでいるということだ。

私が死んでまだ数年しか経っていないなら、皇帝はおそらく飛龍のまま。

だとすると新しい翠妃《すいひ》は、当時は紅妃《こうひ》であり、飛龍の寵愛《ちょうあい》を受けていた桜綾《ヨウリン》か、はたまた新たに後宮に迎え入れた妃だろう。どちらにせよ、自分が死んだ後釜《あとがま》と出くわすなんて、まっぴらごめんだ。

さらば後宮。さらば龍華国。

翠花、改め名もなき猫は、気ままな猫生を謳歌《おうか》します！

私はそろりそろりと、猫らしく抜き足差し足、生垣を抜け出した――

けれども。

「あ、いたわよ‼」

「ミャギャ⁉」

一瞬で女官に見つかった私は、猛然と地面を蹴った。だけど女官たちもしつこい。

箒《ほうき》や棒切れを手に、えんやえんやと追ってくる。

「待てー！」

「逃がすかー！」

『いーーやあーーーー！』

全力ダッシュをかましながら、私は絶叫した。

猫のしなやかボディのおかげでかなり身軽に動けるようになったけど、人間だったときの常識が邪魔をして、いかんせんうまく逃げられない。

なんて言えばいいのだろう。本能は「おっけー、あの壁登れるぜ！」とゴーサインを出すけど、理性が「ばーか！　あんなん登れるか！」とストップをかけてくる感じ。

そのせいで、ひたすら地面を駆けずり回るしかない。

「いけない！　あちらには翠妃様が！」

止《や》むを得《え》ず渡り廊下に飛び込んだ私に、女官のひとりが悲鳴をあげる。

いやいやいや。私が逃げているの、貴女《あなた》たちが追いかけてくるからだからね！　私だって、うっかり部屋に飛び込みでもして、新しい翠妃様と「あら、こんにちは」なんて展開、ごめんこうむりたいのに！

「ンニャニャニャニャニャーーーー！」

悲鳴をあげながら、寝所のある建物に勢いよく飛び込んだ。

だけど、その判断は間違いだった。

「――騒がしい。おまえたち、ここをどこだと考えている」

楽器の調べのように、艶《あで》やかで、深く心地よい響き。――考えうる限り最も聞きたくなかった声が、静かに響く。私は追いかけられていたのも忘れて「ミャ！」と竦《すく》みあがった。

私を追いかけていた女官たちも、慌てて「陛下！」「飛龍陛下！」と平伏する。

誰もが木の床に手をつく中、私だけは石になったように固まって、廊下の先に立つそのひとを見上げた。

濡《ぬ》れたように艶《つや》やかな漆黒《しっこく》の髪に、陶器のように白い肌。長いまつ毛に縁《ふち》どられた切れ長の目元から覗《のぞ》く、憂《うれ》いを帯《お》びた藍色《あいいろ》の瞳――

スッと通った高い鼻梁《びりょう》が目立つ横顔は、鋭利で麗《うるわ》しく、近づきがたいほどに静謐《せいひつ》な色香を漂《ただよ》わせる。

劉飛龍。この国の皇帝で、私の幼馴染《おさななじみ》で、私の夫だったひと。

私が、死んでもいいと自棄《やけ》になるくらい大好きだった、貴方。

……が、すっかり大人になっている！

飛龍は私より生まれがひとつ上だ。最後に顔を合わせたとき、彼はまだ少しだけ子供の頃の面影《おもかげ》が残る顔立ちをしていた。

それがどうだろう！　腹立たしいくらいの完璧《かんぺき》な美貌《びぼう》はそのまま。だけど、目元や口元の凛々《りり》しさが増し、すらりとした肢体《したい》は衣の上からでも鍛え上げられているのがわかる。

飛龍、貴方、いつの間にこんなに大きく立派に……ううん、大人になったの？　最初に思っていたより、私が死んでから時間が経っているのかしら。

そんなことを考えていると、飛龍の瞳がスッと私を捕えた。

「何を騒いでいるかと思えば……猫？」

「ニャ！（ひぃ！）」

真冬に張る池の氷の如《ごと》く冷え切った眼差《まなざ》しが、私を射貫《いぬ》く。悲惨な最期《さいご》のせいで完全にその視線がトラウマになっている私は、潰《つぶ》れた悲鳴をあげた。

この目だ。翠玉宮に乗り込んできたときも、飛龍は同じ目をして私を突き放した。

きっと私のことなんか、薄汚いゴミか、地を這《は》う虫けらか何かだと思っているんだろう。……まさか、このまま飛龍に斬り殺されたりしないよね？　転生しても同じひとに殺されるなんて、どれだけ私、神さまに見放されているの？

くそう、大人しく殺されてやるもんですか。近寄ったらただじゃ済まないわよ。今の私には、鋭い爪と猫パンチがあるんだから！

私が毛を逆立てて威嚇《いかく》していると、ぽつりと飛龍が呟《つぶや》いた。

「…………翠花の色だ」

「え？」

「ニャ？」

女官たちと私。皆の戸惑《とまど》う声が重なる。

そんな中、飛龍はあろうことか、私をひょいと抱き上げた。

「可愛い。お前、可愛いな！」

凍り付くような氷点下の眼差《まなざ》しから一転。きらきら～と、まるで少年に戻ったような輝く笑顔で私を見つめている。

その、あまりの破壊力に、私は一瞬、心臓が止まりそうになった。

な、なんで？　さっきまで、この世のすべてを呪ってやるみたいな、つまらなそうな目をしていたじゃん。それが、なんで急に、至極の宝物を見つけたみたいな顔をしてんの？　貴方そんなに、猫好き人間でしたっけ？

かちんと固まる私をよそに、女官のひとりが悲鳴をあげる。

「陛下！　そんな汚い猫、お召し物が汚れてしまいます！」

まあ、失礼しちゃう。

だけど、私も彼女に同意だ。だって、飛龍が纏《まと》う衣は、皇帝らしく上質な絹織りだ。対して私は、蜘蛛《くも》の巣と泥と煤《すす》にまみれた小汚い子猫。なんならあちこち走り回ったせいで、全身ちょっとベタベタしている。

それなのに飛龍は、女官に奪わせまいと、私をしっかと腕に抱いた。

「汚れなどどうとでもなる。それより、この猫が震えているのが問題だ」

ふわっと微笑《ほほえ》んで私を見下ろした飛龍に、ずきゅんと胸を撃ち抜かれた気がした。

ああああ、飛龍が笑ってるううううう！　昔、仲良しだった頃みたいに、飛龍が私に、優しく！

これは夢？　幻《まぼろし》？　ああ、どうしよう。腹が立つはずなのに嬉しい！

飛龍は前世の敵で、飛龍のせいであんなに苦しんで、絶対気軽になんて触れてほしくないのに。

ていうか、あまりにも顔いいなカッコいい素敵好き大好き、いや違う嫌いでも好き、あれええ……？

怒涛《どとう》の展開に限界突破した私は、そのままスッと意識を失ってしまった。

＊　＊　＊

さて、皆様。引き続き、名もなき猫でございます。

怒涛《どとう》の展開に気を失った私だけど、目が覚めたら全部夢だった、なんてことはなく。猫に転生したのも、転生先が前世で命を落とした場所と同じなのも。私を拾ったのが初恋のひとで、失恋相手で、前世の私を殺す命令を出したド畜生《ちくしょう》なのも変わらなかったよ、畜生《ちくしょう》！

さて、そんな私が、今、どこにいるでしょーか。

正解は、皇帝の居室及び執務室がある龍玉殿《りゅうぎょくでん》！　悪夢のような話ですけど、なんと前世では入りたくても入り込めなかった敵のプライベートゾーンに見事（？）招き入れられましたとも、ええ。

「ほら。牛の乳だ。これをお飲み」

目の前にいるのは、皆々様のご想像通り、飛龍だ。憎たらしいほどに整ったご尊顔にとろりと甘い笑みを浮かべて、さっきから熱心に食べ物を勧めてくる。

「飲まないな……。果実ならどうだ？　梨《なし》の実だぞ」

あ〜、あまぁい梨《なし》の誘惑！　何を隠そう、梨《なし》は前世で私の大好物だった。おまけに、この身体が最後にいつご飯を食べたのかわからないけど、今まさにものすごくお腹《なか》が空《す》いている。

みずみずしい梨《なし》の実にかぶりつきたい。かぶりついて、口一杯に甘い汁を頬張りたい。欲望に負けてしまいそうになりながら、私は精一杯ツンと鼻先を振る。

まあ？　結果的に？　翠玉宮では、女官に追いかけ回されていたところを助けてもらったのは認める。その後、お付きの方々に命じて私を清めてくれたおかげで、ふわふわのやわやわ毛並みに戻れたのも、悔しいけど恩に着よう。

だけど……だけど！

「ひと口でも試してみないか？　何か口に入れないと身体に毒だぞ、スイ」

かーーーっ！　それ！　それだよ！

何が「スイ」だ。名前か、名前なのか。なに勝手に名付けてくれちゃってるんだ。いいか！　私はまだ、名前はない！

「……どうしても、食べたくないか？」

私があんまりそっぽばかり向くものだから、ついに飛龍がしょんぼりした。眉尻を下げると、昔の可愛かった面影《おもかげ》が顔を出し、私の胸も罪悪感でチクリと痛む。

……いやいや！　何度でも言うが、私は飛龍のせいで死んだ。殺されたんだ。

しかもさっき、飛龍は翠玉宮にいた。それはつまり、私の後釜《あとがま》の翠妃様に会いにきていたということ。私の生前には、あの最悪な一回しか翠玉宮に足を運ばなかったくせに、昼間からお熱いことで！

こんな非情で冷たい最低男、ちょっとしょぼくれたからって、どうして私が罪悪感なんか覚えなくちゃならない。

そうだ、お前なんかあっち行け！　行っちゃえ！

えい、えい！　と、私は鋭い猫パンチを繰り出す！　……と思ったのだけれども、子猫が一匹、ひょろっこい前足を振り回しただけになる。

おかげで飛龍は怯《ひる》むどころか、ぱあぁっを顔を輝かせた。

「どうした。もしかして俺と遊びたいのか？」

『え、いや。ちが……』

「ふふ。あんよが上手《じょうず》、あんよが上手《じょうず》っ」

違うってば！　ああけど、飛龍が私を見て笑っている。やだ、なに顔がいい好き！

私の前足を掴んで、満面の笑みで嬉しそうにリズムを取る飛龍。おまけに、私が喜んでいると勘違いしたのか、そのままひっくり返してお腹《なか》をゴロゴロと撫《な》でてきた。

はうぅ。抗いたいのに、抗えないこの感じ。どうやら私の精神は、かなり子猫の身体に引っ張られているみたいだ。

飛龍なんか大っ嫌いなのに、蕩《とろ》けるような甘い瞳で顔を覗《のぞ》き込《こ》まれると、「好き！大好き！」と尻尾《しっぽ》がピンと立ってしまう。

おまけに、お腹《なか》や喉《のど》を撫《な》でる指が気持ちよすぎて、ゴロゴロと喉《のど》が鳴る。ので、飛龍が調子に乗ってますます私を撫《な》でまわす。もっとゴロゴロ喉《のど》が鳴ってしまう。ので、飛龍が……以下略。

——うん。一旦落ち着こう！

ひとしきり私を撫《な》でまわして飛龍が満足したところで、私は改めて周囲を見回した。調度品や書類の束から察するに、飛龍は私を皇帝の執務室に連れてきたらしい。

内装は思ったより地味。といっても金銀財宝が見当たらないだけで、龍華国の王族の色である深い緑が美しく映《は》え、全体的にシンプルで好感が持てる。なんていうか、派手派手しいものより質素な趣《おもむ》きを好む飛龍らしい部屋だ。

翠妃として生きていた頃は、こっちに来ることなんかなかったのに。そう思うと、なんだか不思議な感じだ。

龍華国に嫁《とつ》いでから、私がメインで過ごしたのは後宮、それも翠玉宮の中だけ。式典のために後宮を出ることはあったけれど、皇帝の執務室など、飛龍に招かれない限り妃が足を運ぶことはない。

奴の寵愛《ちょうあい》が深かった桜綾がどうだかは知らないけど、少なくとも私には縁のない場所だった。

それにしても、皇帝というのはやはり忙しいらしい。飛龍の机の上にはたくさんの書類が積んであるし、書きかけの筆が放置されている。

今更だけど、飛龍の完璧《かんぺき》に整った美しい顔には、うっすらとクマも滲《にじ》んでいた。逞《たくま》しくなった一方で痩《や》せたような気もするし、疲れているようにも見える。もしかしなくても、迷い猫なんかに構っている場合ではないんじゃなかろうか。

そんなことを思いながらじっと見上げていると、飛龍が笑み崩れた。

「ああ、もう。お前は本当に可愛いな」

「ニ、ニギャ⁉」

「大好きだぞ、スイ。可愛すぎて食べてしまいたいくらいだ」

食べないでいただけますかね⁉　そう突っ込みたいのに、飛龍が私を持ち上げて頬ずりをするものだから、それすら叶わない。

というか飛龍さん。本当に貴方、飛龍さんですか？　キャラ変わってない？　疲れすぎて頭おかしくなっていない？　一周回って、もはや心配になってきたよ？

あわや二度目の気絶をしかけたとき、執務室の扉が勢いよくノックされた。

「我が君！　我が君、いるのでしょう！」

「ドンドンドン！」と強く打ち鳴らされる扉の音に、私はギョッとする。

無情卑劣な最低男だけど、飛龍は皇帝だ。そしてここは、飛龍の執務室。どこの誰か存じませんが、そんなふうに軽快に扉を叩きのめしては、ちょっと不敬じゃございません？

けれども飛龍は慣れたもので、音が聞こえなかったように、にこにこと今度は焼き菓子を勧めてきた。

「どうだ、市井《しせい》で流行《はや》りの菓子だ。少しばかり口の中の水分を持っていかれるが、甘くて美味《おい》しいぞ。試しに食べてみないか？」

「我が君！　わーがーきーみー！」

「はは。スイは奥ゆかしいな。遠慮ばかりでは、立派な大人になれないぞ？」

「貴方が部屋にお戻りになったのは、官吏殿より聞き及んでおりますよ！」

「……ちっ」

「ダンダンダン！」と、さっきより激しくなったノック音に、飛龍は舌打ちする。

いや、無視した貴方が悪いからね⁉

驚く私をよそに、飛龍はつまらなそうに扉の向こうに答える。

「うるさいぞ。入りたければ、勝手に入れ」

「貴方が一度で答えないから、こうなるんです」

入室し、不遜《ふそん》に言い放った几帳面《きちょうめん》そうな男は、私も知っていた。

名は李泰然《リタイラン》。寵妃《ちょうひ》・桜綾の従兄弟で、かねてより飛龍の侍従を務める秀才。さらに言うならば、この国で私の後ろ盾であった周大臣の政敵、李大臣の妹の子だ。

——なるほどね。

泰然が身につけているのが、侍従長の証《あかし》である紫に銀糸の刺繍《ししゅう》がされた衣なのを見て、私は納得した。

当時の妃は、隣国から嫁《とつ》いできた翠玉宮の私と、李大臣の娘である紅玉宮《こうぎょくぐう》の桜綾のふたり。飛龍の寵愛《ちょうあい》を得ていたのは桜綾だけど、生まれは私が上という、後宮にありがちな泥沼仕様だった。

そんな状態に私が死んだことで決着がつく。

娘が名実共に第一妃となったことで、権力闘争に李大臣が勝った。泰然もその恩恵に与《あずか》り、侍従長に出世したというところか。

……うん。考えたら、悲しくなってきた。

後ろ盾になってくれた周大臣にも、悪いことをした。大臣も、彼が揃えてくれた女官たちも、本当によくしてくれたのに。私のせいで権威が落ち、ひどい憂き目《うめ》にあっていないといいな。

そんなことを考えていると、いつのまにか目の前に泰然がいた。

「この子が、皆が騒いでいた皇帝陛下のお猫様ですか」

「ニャ？」

誰が誰のお猫様ですって？

ふむと頷《うなず》いて、泰然が私の首根っこをつまみ上げる。飛龍が「おい」と非難がましい声をあげるが、薄い眼鏡の奥から私を眺める泰然は、お構いなしに感心した。

「……ほほう。これはなかなか美人さんですね」

「だろう？　スイと名付けた」

「シャッ！」

得意げに答える飛龍を、私は威嚇《いかく》する。

だろう、じゃないわよ！　ちょーっと危なかったけど、私は飛龍に絆《ほだ》されてなんかいないし、前世の恨みを許していない。何より、私の名前は、まだ、ない！

突っ込みたかったのは泰然も同じようで、じとりとした目で飛龍を見た。

「まさか貴方、この猫を飼うつもりじゃないですよね？」

「もちろん、飼うつもりだが？」

「即答！　当たり前ですけど何か？　みたいな顔で言ってきたよ、もう！」

泰然はわしわしと、空《あ》いてる手で自分の頭を掻《か》きむしる。

いや、うん。あんまり話したことなかったし知らなかったけど、苦労性なのはよくわかった。前世のしがらみがなければ、このひととは仲良くなれそうな気がする。

「貴方が猫を飼うとして、誰が世話をすると思ってるんですか！　そういう大事なことは、先に侍従に話さないとダメでしょう！」

「……世話ならきちんと、俺がする」

「でーきーなーいーでーしょー！　貴方、皇帝！　この国のトップ！　もんのすごい忙しい、オーケー？」

泰然の怒濤《どとう》の責めに、飛龍の眉がしゅんと下がる。

なんなのこのふたり。保護者と子供なの？　泰然に至っては「おかあさーん！」と呼びたくなる感じだ。

予想外なふたりの関係に唖然《あぜん》としていると、飛龍の目が私に向けられる。

私をまっすぐに見つめる、深い海の底のような青みがかった瞳――。冷たく拒絶するでもなく、メロメロに甘やかすでもなく、ただ静かに向けられたそれに、どうしていいかわからなくて、居心地の悪さを感じた。

私が戸惑《とまど》っていると、飛龍はなぜか少し寂しそうに目を伏せる。

「スイの瞳は翠花と同じ色をしている。だから飼いたい。そばに置きたいと思った」

……そういえば翠玉宮の渡り廊下でも、似たようなことを言っていた。

生前の私は、翡翠《ひすい》色の瞳をしていた。翠花という名も、それが由来。猫になってからは鏡を見ていないのでわからないけれど、飛龍の言葉を信じるなら、今の私も翡翠《ひすい》色の瞳をしているのだろう。

だけど、それがなんだっていうんだ。憎んで、遠ざけて、呪殺までした妃の瞳なんか、思い出したくもないはず。なのに同じ目をした子猫を拾って育てたいなんて……もしかして飛龍さん、特殊性癖の持ち主でいらっしゃいます？

うん……逃げよう。飛龍がどんな性癖をしていようが自由にしてくれて構わないけど、我が身に厄災《やくさい》が降りかかってくるなら話は別だ。

幸い、泰然は飛龍が私を飼うことに反対のようだ。眼鏡をかけ弁が立ちそうな見た目をしているし、このあと怒涛《どとう》の論破で私を外につまみ出してくれるはず！

わくわくと期待して、私は泰然を見上げた。……のに、彼はなんと、仕方なさそうに溜息《ためいき》を吐《つ》く。

「猫にかまけて仕事を疎《おろそ》かにしないこと。それが飼う条件ですよ」

えっ。

読みが外れて固まる私をよそに、飛龍が身を乗り出す。

「いいのか？」

「いいも何も、貴方は皇帝です。これぐらいのわがまま、好きになさい」

泰然は茫然《ぼうぜん》とする私を、クッションを詰めた籠《かご》に戻す。そして、優しい目をして飛龍に苦笑した。

「気づいていますか？　あの一件以来、屍《しかばね》のような顔をしていた貴方が、ようやく人間らしい表情を浮かべている。友として、反対できるわけないじゃないですか」

屍《しかばね》のよう？　飛龍が？

たしかに目の下にはクマがあるし、痩《や》せたなあとは思っていたけど、そんなに深刻な状況だったの？　ていうか「あの一件」って何？

それよりも、待って。いくら皇帝と友人兼側近の麗《うるわ》しき絆《きずな》って感じのいい雰囲気が流れていても、私、ここでお世話になりたくないよ。なに、ふたりで話をまとめてんの？

愕然《がくぜん》とする私に、飛龍は嬉しそうに微笑《ほほえ》む。

「よかったな、スイ。これからはずっと一緒だ」

全然よくないんですが！

「そうか。お前も嬉しいか。ふふ、本当に可愛いなあ、スイは」

だーっ！　伝わらない、止まらない！　そして、無駄にいい顔で私の頭を撫《な》でないでってば、ほんとビジュアルだけは最高だな、このひと！

ねえ、私の意思は？　選択権は？

新たな猫生、猫権なさすぎなんですけどー！

＊　　＊　　＊

怒涛《どとう》の猫生一日目は、あっという間に終わった。

季節は冬の始まりのようで、夜がすぐに訪れる。空気が冷えてくると同時に、空から細雪《ささめゆき》が降ってきた。

侍従が火鉢を用意してくれたから寒くはないけど、ちらちらと舞う雪が地面に落ちて解けるのを見ると、なぜか無性に悲しい。

「おいで、スイ」

寝所に移り、衝立《ついたて》の向こうで寝間着に着替えた飛龍は、当たり前のように手を差し出した。私を呼ぶ声も、眼差《まなざ》しも、信じられないくらいに甘くて優しい。たぶん、一緒に寝ようと誘っているのだろう。

――正直、心が揺らぎそうになった。

飛龍の体温に包まれて眠るのは、どれだけ温かくて、幸せな心地がするだろう。前世で望んでも望んでも得られなかったものが、すぐ目の前にある。きっと、この胸に巣食うもの悲しさも、一瞬で解けて消えてしまうはずだ。

だからこそ残酷で、腹が立った。飛龍と、それに自分にも。

それに、身体は猫になったけれども、心はまだ年頃の生娘《きむすめ》のまま。その矜持《きょうじ》が、飛龍の腕に飛び込むことを躊躇《ちゅうちょ》させる。

飛龍はしばらくソワソワと、あの手この手で私の気を引こうとした。やがて諦めてしょんぼりと肩を落とし、すごすごとふとんに潜り込む。ふん。ざまあみろ。

ふっ、と。飛龍が灯りの火を消す。寝室の中は、完全に夜の帳《とばり》が下りた。

ああ。やっと今日が終わった。

飛龍の寝床《ねどこ》からいささか離れた場所に置かれた籠《かご》の中で、私は猫らしく身体を丸くする。昼間洗ってもらったおかげで、全身から花のように優しい、甘い香りがする。

なんだっけ、この香り。なんだか、懐かしい感じがする。

その香りはなぜか、飛龍が私の故郷、珀虎国に滞在していた二年間を思い出させた。

——飛龍は、身体の弱い子供だった。

彼の母親である仙月《センユエ》様もお身体が弱かったから、遺伝だったのかもしれないし、ほかの兄弟よりかなり遅れて生まれた気苦労のせいかもしれない。

とにかく、仙月様はそんな息子の身体を案じて、幼い飛龍を連れて珀虎国を訪れた。

珀虎国と龍華国は古くから親交のある隣国同士だし、仙月様は遠縁とはいえ私たち珀虎国の王族だ。私の母様が仙月様と仲が良かったのもあって、ふたりは国賓として王宮に迎えられた。

飛龍はその頃から綺麗な顔をしていた。身体が弱いせいか臆病な表情をするくせに、大きな青みがかった瞳はすごく理知的で。そのアンバランスな雰囲気に、私はひと目惚《ぼ》れしたんだと思う。

当時六歳だった私は、大得意になった。素敵な男の子がそばにいるのが嬉しくて、その子より私のほうが王宮に詳しいのが誇らしくて。母様に怒られながらも、飛龍をあちこちに連れ回した。

私と飛龍は、たくさんの無茶をした。

厨房《ちゅうぼう》に忍び込んでつまみ食いをしたり、父様の白虎に炭で落書きをしたり。ときには屋根に登って、女官たちの度肝を抜いたりもした。

発案はすべて私。飛龍に拒否権はなく、私に引っ張られるまま付き合わされる日々。飛龍はよく困ったような顔をしていたけど、なんのかんので楽しんでいた。

最後は、両方の母様に大目玉をくらって、私たちは半泣きになりながら笑い合った。またやろうね。次はこんなことしようね。約束が、どんどん増えていった。

大きくなったら結婚しようね。それも、私たちの約束のひとつだ。

……止《や》めよう。考えれば考えるほど虚《むな》しくなってくる。

あれは子供のたわいない口約束にすぎなかった。十四歳になっても本気にしていたのは私だけ。

結果、どうだろう。私は失恋をしたばかりか、大好きなそのひとに疎《うと》まれ、死を望まれた。こんな滑稽《こっけい》なエンディング、いっそ喜劇として笑ってほしいくらいだ。

息をひそめて、そっと目を開ける。猫になったせいで夜目が利くようになり、暗がりの中でも飛龍の様子がよくわかる。疲れていたのは本当のようで、彼はあっという間に眠りに落ちたらしい。

私は音を立てないようにそっと起き上がる。幸い猫の身体はしなやかで軽く、隠密《おんみつ》行動には打って付けだ。

大分、この身体にも慣れてきた。

私は本能に従い、ひらりと窓枠に飛び乗る。

遠くへ行こう。私のことなんか誰も知らない、ずっと遠くへ。

飛龍なんか嫌い。大嫌いだ。憎い。うらめしい。二度と顔なんか見たくない。

……そう、心から思いたいのに、ここにいるとそれができない。思い出が邪魔して、もう零《こぼ》せないはずの涙が滲《にじ》みそうになる。

それに龍玉殿にいたら、いずれ私は新しい翠妃と出会うだろう。

それが桜綾であれ別の誰かであれ、飛龍がそのひとと睦《むつ》まじく寄り添う様《さま》を眺めるなんて耐えられない。

死んで尚《なお》、不毛な感情に苦しむのはごめんだ。

だって私、敗者復活戦も望めない猫なんだもの。

窓を開けるのは難しかったものの、全身でうんうんと押すことでなんとかなった。便利なことに猫の身体は、ちょっとの隙間でも通れる。

チラリと寝台を振り返ってから、思い切って窓の外に飛び下りる。幼い日の面影《おもかげ》が残る寝顔は、精一杯頭の中から追い払った。

中庭にはうっすらと雪が積もっていて、柔らかな肉球がじんじんした。それが、今はありがたい。しくしく主張する胸の痛みを、ほどよく誤魔化《ごまか》してくれる。

猫の身体に寒さは応《こた》えるけど、私がいなくなったことに気づいたら飛龍が全力で捜させるだろう。侍従の皆さんの手を煩《わずら》わせるのはアレだし、夜のうちに王宮から離れたい。

できるだけ遠くへ。政治も後宮も関係ない、新しい猫生を始めるにふさわしい自由な場所へ。

そのためには、どっちに向かうのがいいんだっけ。

生前の知識をフル稼働し、王宮の外に出る最短ルートを見極めようとした、そのときだった。

『おい、ナニモンや！』

グルルルと。

聞こえたのは唸《うな》り声《ごえ》なのに、何を言っているのか理解できる。ギョッとした私がそちらに首を向けると、暗がりの奥で獣の目が光っていた。

『誰なの？』

『それはこっちの台詞《せりふ》や！』

グルルと再び唸《うな》り声《ごえ》が響き、相手が薄明かりの下に姿を現す。

相手は一匹じゃない。長い足に、獰猛《どうもう》な鼻面。

思い出した。龍玉殿には、敷地内を守る番犬が放されているんだった！

大きい！　強そう！　人間のときに見ても怖そうなのに、猫になってから対峙《たいじ》すると恐怖も三倍だ。

すっかり震え上がる私に、三匹は首を傾けて相談し合った。

『なんや嬢ちゃん。見ない顔やな』

『不審者や。不審者ってことでええな？』

『なんでもええ！　そおれ、追っかけっこや！』

「「わんわん、わわん！」」

一斉に駆け出した三匹の番犬に、私は「みぎゃあああ！」と叫んで、文字通り尻尾《しっぽ》を巻いて逃げ出した。

今更だけど、なぜか犬の言葉がわかる！　やっぱり猫になったからだろうか。って、今はそんなことはどうでもいい！

『いーーーやぁーーーー！』

全速力で逃げる私を、番犬ズが勢いよく追いかけてくる。それが番犬の役目なんだけど！　三匹首を揃えて、いたいけな子猫を虐《いじ》めなくてもよくない？

『兄者！　おいら、愉快になってきたで！』

『奇遇やな、弟！　俺もや！』

『行くで、愚息《ぐそく》ども！』

「「「わんわん、わわん！」」」

あー……、ダメだ、これは。

お犬様たち、完全にテンションが上がってらっしゃる。

今更、プライドを捨てて「私、飛龍陛下の飼い猫でしてよ！」と訴えたところで、聞く耳を持ってもらえないやつだ。

すなわち、取れる手は一択のみ。このまま、全力全開に逃げるしかない！

『うにゃにゃにゃにゃにゃにゃ！』

近くの木に猛然と向かった私は、文字通り死に物ぐるいで木を登った。

木登りは飛龍が珀虎国に滞在していたとき以来だけど、猫の身体のおかげでするする登れる。最高だな、猫の身体能力！

『おい、兄者！　奴《やっこ》さん、あない上に逃げよった！』

『せこい真似すんなや、嬢ちゃん！』

『下りてこんか！』

『誰が下りるか！』

わんわん吠える番犬ズの皆さんに鳴き返す。

とはいえ、どうしよう。番犬ズは木の周りをぐるぐる歩き回っていて、私が下りるまで見張る算段のようだ。

猫の身体になったせいか地面がものすごく遠く感じるし、ぴゅうぴゅう吹く風が冷たくて足がかじかんでくる。

おまけに飲まず食わずと疲労困憊《ひろうこんぱい》で、くらくら目眩《めまい》がしてきた。

あーあ。

こんなことなら、変な意地を張らないで飛龍のくれる果物やお菓子を食べればよかった。暖かい部屋でぬくぬくして、ふかふかのクッションの上で微睡《まどろ》んで。優雅気ままなお猫様生活。意外と悪くない。……悪くない、よね。

『あ、兄者！　あいつ、なんかフラフラしてへん？』

『ほんまや！　嬢ちゃん、しっかりせい！』

『あかん、目を閉じて……』

『『あ！』』

ぐらりと身体が傾《かし》ぎ、四肢《しし》がつるりとした木の枝から離れる。空中に投げ出されながら、私は夢を見ていた。

――それは、幼い日の思い出。

私は六歳の少女で、飛龍は七歳の少年で。

中庭を散歩していた私たちは、木の下に鳥の雛《ひな》が落ちているのを見つけた。枝の上に鳥の巣があり、雛《ひな》はそこから落ちたようだ。

雛《ひな》を巣に戻してあげよう。そう主張して、私は雛《ひな》を手に乗せて木を登った。たしか飛龍は珀虎国に来たばかりの頃で、するすると木登りする私に目を丸くしたものだ。

〝危ないよ、スイ。落ちたらケガするよ……〟

〝大丈夫！　私、木登り得意なの！〟

あの頃の飛龍は、私をスイと呼んでいたっけ。

心配しておろおろする飛龍を置いて、私はあっという間に巣のある枝に到達し、雛《ひな》を巣に返してあげた。ぴよぴよと安心したように鳴く雛《ひな》ににんまり笑って、得意になって木の下を覗《のぞ》き込《こ》む。

〝言ったでしょ？　私、ちゃんと雛鳥《ひなどり》を巣に届けてあげたわ〟

〝わかったよ。わかったから、もう下りてきて……〟

そのとき、私の手がツルッと滑り、私たちは同時に「あっ」と声をあげた。

〝きゃ……きゃーーー！〟

〝スイ！〟

ずさささと葉を揺らし、私は木の上から落下する。小さな身体をますます縮めて、地面にぶつかる衝撃に怯《おび》えた。

……だけど、地面に落っこちた私は、想像していたより痛みを感じなかった。

それどころか、私の下で「くふ！」とくぐもった悲鳴が響き、何かやわらかなものを押《お》し潰《つぶ》したようにすら思う。

〝飛龍！〟

慌てて起き上がると、私の下で飛龍がのびていた。

〝う、うーん……〟

〝きゃー！　飛龍、起きてー！　死なないでー！〟

半泣きになりながら揺さぶると、飛龍の形のよい眉が寄せられて、青みがかった瞳が瞼《まぶた》の隙間から覗《のぞ》く。次の瞬間、飛龍もがばりと起き上がった。

〝スイ！　大丈夫なの？〟

〝こっちのセリフよー！　馬鹿ー！〟

わあぁぁんと泣いて、飛龍にしがみつく。

飛龍はドギマギしていたけど、宥《なだ》めるように私の頭をぽんぽんと撫《な》でてくれた。

君が無事でよかったよ。そんなふうに、屈託《くったく》のない笑みを浮かべながら。

――なんで今、こんなことを思い出すんだろう。

もしかして走馬灯だろうか。でも、これって人間だったときの記憶だ。

そっか。前世の最後は、眠るように死んじゃったから――

『いぃぃぃーーーやあぁぁぁーーー‼』

我に返った私は、盛大に悲鳴をあげながら落下する。

その身体が、誰かに抱き止められるまでは。

「スイ‼」

ぎゅっと目をつむっていると、頭の上から耳慣れた声が降ってくる。聞こえるはずのないそのひとの声に、私ははっとして目を見開いた。

風に揺れる、夜を溶かし込んだような漆黒《しっこく》の髪。スッと通った鼻筋に、深い海の底のような美しく柔らかな色の瞳。飛龍の、びっくりするほど綺麗に整った顔が、焦《あせ》ったように私を見下ろしていた。

「大丈夫か、スイ？　怪我はないか？」

彼の鼻の頭は、寒さのせいで微《かす》かに赤くなっている。

部屋を抜け出すとき、窓を開けたままにしてきてしまった。だから吹き込んだ風で目が覚めて、私がいないことに気づいたんだ。

それにしたって、寝間着に上衣を羽織《はお》っただけの姿で、こんな寒空の下に皇帝自ら飛び出してきたのか。行きずりの、たまたま後宮に迷い込んだのを保護しただけの野良猫のために。

そんな。なぜ、そこまで……

不思議に思ったのは番犬ズも同じみたいで、鼻面を寄せてクンクンと鳴きあった。

『な、なんや。御上《おかみ》、そない慌てておって……』

『わてらはアレや。曲者《くせもの》が庭におったさかい、追っかけただけで……』

「──お前たち」

「『くぅん！』」

低く凄《すご》んだ飛龍に、番犬ズがびくりと竦《すく》みあがる。身を寄せ合ってガタガタ震えるワンコたちに、飛龍はぎろりと目を光らせて問いかけた。

「お前たちが、スイを虐《いじ》めたのか？」

『えらい、すんません！』

『悪気はなかったんや！』

『ほな！　わんわんセキュリティサービスを、今後ともご愛顧《あいこ》頼むな！』

「『わんわん、わわん！』」

蜘蛛《くも》の子を散らすみたいに、番犬ズの皆さんが逃げていく。ま、まあ、私もちゃんと「皇帝陛下に拾われた猫です」って自己紹介をしなかったからね。職務を全《まっと》うしたにすぎない番犬ズには、一応心の中で謝っておこう。

とにかく助かった。……助けられてしまった。

不本意ながら二度も、一番助けてもらいたくない、この男《ひと》に。

きゅっと鼻に皺《しわ》を寄せていると、改めて私を見下ろした飛龍が目を見開いた。

「怪我してるじゃないか。枝にひっかけて切ったのか？　戻ろう。すぐに手当を……」

『触らないで！』

伸ばされた指を、私はとっさに前足で振り払う。日中とは違って、私の猫パンチは飛龍の手に届いた。たぶん、爪が出ていたのだ。飛龍が微《かす》かに顔をしかめ、彼の白い指に赤い痕《あと》が引いた。

ぷくりと膨らむ赤い血に、私は動揺する。

違う。怪我をさせたかったわけじゃない。こんなの仕返しと呼べないくらいひどいことを、人間だったときに彼にされたけど。それでも、私は。

私がオロオロしていると、飛龍はなぜか、困ったように笑った。

「そんな顔をするな。お前は悪くない。……たしかに俺は、お前みたいに無垢《むく》な者に触れてはならないくらいの、外道《げどう》なのだから」

そう話した飛龍の表情があまりに辛《つら》そうで、私は息を呑む。

薬の入った碗をひっくり返されたときより、忌々《いまいま》しげに見下ろされたときより、胸が痛い。

一体、飛龍に何があったのだろう。以前の彼は、こんな表情をするひとじゃなかった。

しんしんと降り積もる雪の中、ひとりと一匹は向き合い、吐息を漏らす。

「――俺は、お前とよく似た瞳の娘を知っている」

弱々しい声に、私は目を見開いた。人間だったときと同じ、翡翠《ひすい》の色の瞳を。

「初恋だった。俺の、光だった。だが、俺は己《おのれ》の愚かさゆえに、彼女を喪《うしな》った」

スイ、と。幼い日に私を呼んだ飛龍の声が、頭の中に蘇《よみがえ》る。

控えめに、大切に。はにかみながら私を呼ぶその声が、心地よくて好きだった。

「翠玉宮でお前を見たとき、背筋を雷が駆け抜けた。翠花が戻ってきた。俺に会いにきてくれた。なぜか、そう思った。――いや、忘れてくれ。お前も、顔も知らぬ女の代わりにされても困るだろう。とにかく、この猫は俺が守る。そうしなくてはならぬと、強く感じたんだ」

どうしてこんなことを思い出すんだろう。

どうして、飛龍はこんなことを言うんだろう。

だって私は、飛龍《あなた》に殺されたのに。

「嫌ってくれて構わない。俺に触れられるのが嫌なら、別の者に世話をさせよう。だけど、この冬だけは。春になり、お前が外の世界でひとり生きられるほどの力をつけるまでは、そばにいることを許してはくれないだろうか」

飛龍のまっすぐな眼差《まなざ》しと。――反するような、震える声に。

カッと胸の奥が焼けつくような怒りが湧いて、私は耳を塞《ふさ》ぎたくなる。

だって、私は苦しかった。大事に育《はぐく》んできた恋心を踏みにじられて、私ではない別の誰かの隣にいる貴方を思い浮かべて、届かない涙をこらえて。

なのに、今更そんな顔を向けられても困る。まるで、飛龍も苦しんでいたようだ。……貴方が本当は、私を大切に思っていたかのような。

じゃあ、私の苦しみはなんだったんだ。翠花としての世界が終わる瞬間の、心の芯が凍りつくような悲しみと孤独は。

今更、許してあげられない。許したくなんか、ないけれど……

「スイ？」

血の滲《にじ》む指をそっと舐《な》めると、飛龍が目を瞠《みは》った。

口の中に錆《さ》びの味が広がる。だけど、不思議と嫌じゃない。

そうして私は、飛龍のはっとするほど美しい顔を見上げる。

……貴方を許せないし、許してあげる気もない。

だけど、本当に貴方が私の死を悼《いた》んでいるなら。私を終わらせたことを、呪いのように悔やんでいるというのなら。

少しだけ猶予をあげてもいい。知るためのチャンスをあげてもいい。

貴方が何を考え、あの選択をしたのか。

私がこの国で過ごした三年間、貴方に何があったのか。

もう一度、怪我をした人差し指を舐《な》めると、飛龍は一瞬泣きそうに唇を引き結ぶ。

だけど、それすらも自分に許さないとばかりに、彼は無理に微笑《ほほえ》んだ。

「ありがとう。お前は、優しいな」

優しくなんかなれないよ、と。

吐き出した私の声は子猫の鳴き声に変わって、白い雪の中に吸い込まれていった。

二章　お猫様生活スタート！

飛龍は私と違って、大変勉強熱心な、真面目な子供だった。はっきり言って、私とは真逆のタイプ。

私がどうだったかといえば、なかなかワンパクな幼少期を過ごした。机に座って読み書きをするよりも、武人でダンディなお爺様《じいさま》と棒切れぶつけ合っているほうがよほど性に合っていた程度には。

だから、ピンと背筋を伸ばして書に向き合っている飛龍の姿が興味深く、同時に面白くなかった。

〝ねえ、ねえ。そんなの読んでいても、ちっとも面白くないよ。外で遊ぼうよ〟

痺《しび》れを切らした私が駄々《だだ》を捏《こ》ねて着物の裾《すそ》を引っ張ると、飛龍は困った顔をした。

〝だめだよ、スイ。明日の授業までに、この章を読んでおかなきゃ〟

〝そんなの、後でぱぱっと読めるわよぅ。だから、ねえってばー〟

〝ごめんね。あと、ちょっとだから〟

梃子《てこ》でも動かない飛龍に、ついに私はふて腐れて床にごろんと横になる。

飛龍は変わらず、熱心に古い書物の字を追っている。うつ伏せになった私は、真剣な飛龍の横顔を眺めながら、ぷらぷらと足を揺らした。
〃……どうして飛龍は、そんなにお勉強が好きなの？〃
〃特別に好きというわけじゃないよ。嫌いでもないけれど〃
〃うそよ。飛龍ってば、私と遊ぶよりも、お勉強しているほうが好きなんだわ〃
〃……そんなこと、ないよ〃
心外だと言わんばかりにぱっとこっちを向いた飛龍は、なぜか顔を赤らめて、最後はごにょごにょと誤魔化《ごまか》すように続けた。
彼がなんと言おうと、放っておかれている私は面白くない。
私がぷくりと頬を膨らませているのを見て、飛龍は一度ぱたんと書物を閉じてから、こちらに膝を向けた。
〃ねえ、スイ。僕は勉強が好きなんじゃない。たくさん勉強をして、将来は兄上をお支えしたいんだ〃
〃お兄様……空龍《クウロン》様の？〃
空龍様。それは、飛龍と十五歳も年の離れた、一番上のお兄様だ。
飛龍のお父様は既《すで》にみまかられていて、龍華国を治めるのは空龍様だった。まだお若いのにとても聡《さと》く、公正なお方と有名な名君で、珀虎国にもその噂《うわさ》は届いていた。

母様は違うけれど、年の離れた飛龍を、空龍様はとても可愛がっていた。飛龍もまた、空龍様を慕っていた。

〝兄上は素晴らしいお方だけど、我が龍華国は広く、やせた土地で苦労している民もいる。地方貴族の中には、王家の目が届かないのをいいことに、好き勝手をやっている者もいると聞く。――皆が豊かに幸せに暮らせるように。僕が空龍兄上を支え、あの国を変えるんだ〟

青みがかった瞳に強い光を灯して言い切る飛龍は、大人っぽくてかっこよかった。私とひとつしか違わない子供なのに、国のこととか民のこととか、もうそんなことを考えている。

すごいなあと感心する一方で、私は当たり前の事実に気づいた。

〝そうだよね。飛龍はやっぱり、龍華国に帰っちゃうのよね〟

〝えっ。あ……〟

〝国に帰ってしまったら、今みたいにもう、一緒にはいられないのね〟

飛龍が珀虎国に来て、もう一年が経つ。あんまり毎日が楽しくて、こんな日々が永遠に続くように錯覚してしまっていた。

私がしょんぼりと俯《うつむ》くと、飛龍が何やら慌てだす。そわそわ、そわそわ。あっちを向いたり、こっちを向いたりしていた飛龍は、やがて決心したみたいに膝の上でぎゅっと手を握り締めた。

〝一緒にいる方法ならあるよ〟

〝どうやって?〟

〝僕とスイが、結婚すればいいんだ〟

告げられた飛龍の声があんまり真剣だから、私は身体を起こした。

ひんやりとした木の床の上、私と飛龍は、共にちょこんと正座をして向き合う。

飛龍の可愛い顔は、真っ赤だった。たぶん私は、ぽかんとした顔だったと思う。

結婚。結婚と、言っただろうか。

それはとても素敵で、魅力的な提案だった。

私の父様、つまり珀虎国の王と母様は、巷《ちまた》でも有名な仲睦《なかむつ》まじい夫妻だ。ふたりの幸せそうな姿は、娘の私から見ても羨《うらや》ましい。私もふたりのように、大好きなひとと幸せな結婚をするのが夢だった。

飛龍となら、それが叶う。叶えられる気がする。

私の胸はドキドキと鳴った。

だけど私は、ぷいと唇を尖《とが》らせた。

〝いやよ。飛龍は龍華国で、たくさんお嫁さんをとるでしょ。私、いっぷたさいはいや。だんなさんには、私だけを好きでいてほしいわ〟

珀虎国は、王も民も基本は一夫一妻制。対して龍華国は、皇帝だけは一夫多妻が認められていて、後宮に妃や側室をたくさん抱えられる。勉強嫌いの私も、そういうことは知っていた。

私がそっぽを向くと、飛龍は慌てて身を乗り出す。

〝とらないよ！　僕は皇帝にならないし、スイ以外のお嫁さんなんかいらないよ！〟

〝ほんと〜？〟

〝ほんとだよ！　嘘吐《つ》いたら、針千本呑むよ！〟

必死になる飛龍が可愛くて、おかしくて。私はついに、こらえきれずに噴き出した。くすくすと笑うと、飛龍はますます困った顔をする。それが楽しくて、私はひとしきり笑ってから小指を立てた。

〝うん、約束。私たち、大きくなったら結婚しようね〟

飛龍は大きな目をぱあぁと輝かせた。

〝約束だよ！　スイ、約束忘れちゃだめだからね〟

〝大丈夫、忘れないよ〟

〝ほんとに、ほんとだよ！　約束破ったら、針千本呑ますからね〟

〝だから大丈夫だってば〟

何度かそんなやり取りをしてから、飛龍はようやく納得した。

なぜだか空気がくすぐったくて、私たちはお互いにちらちらと視線を彷徨《さまよ》わせてから、笑い合う。

そうして私たちは、小指を絡めた。

〝指切った！〟

＊　＊　＊

――ふわっと、温かな微睡《まどろ》みから意識が浮上した。

目の前に広がる光景が珀虎国の自室ではないことに、しばし混乱する。

少し経ってから、さっきまで見ていたのはただの夢で、今の自分は龍華国にいて、しかも猫だということを思い出した。

なぜだろう。最近、やたらと昔の夢を見る。

龍華国に嫁《とつ》いで最初の一年くらいは、未練がましく、よく幼い日の夢を見た。いつしか回数が少なくなり、二年目を迎える頃にはぱったり見なくなる。代わりに、夢の中でまで、一向に翠玉宮に通ってくれないあのひとを呪うようになった。

それにしても、懐かしいな。結婚の約束をした私たち、あの頃は飛龍が皇帝になるなんて、思いもよらなかったっけ。

空龍様がみまかられたのを機に、龍華国の王宮では謎の病《やまい》が流行《はや》った。役人や宮女、侍従のみならず、皇位継承権を持つ皇族たちも次々に病《やまい》に倒れ、亡くなったり、田舎《いなか》に引っ込んだりしたのだ。

それでも龍華国の政治がぐちゃぐちゃにならなかったのは、のちに私の後ろ盾となる周大臣が走り回り、献身的に国を支えたかららしい。

とにかく、そういった経緯で、本来ならばお鉢が回ってこなかったはずの飛龍が、若くして皇帝の位につくことになった。

齢《よわい》十五で大国を背負うことになった飛龍は、想像するだけでも凄《すさ》まじい不安を抱えていたはずだ。珀虎国にいた私にもその噂《うわさ》が耳に入り、私はひとり、隣国で飛龍を心配していた。

だから、周大臣から「ぜひ妃として、龍華国の後宮にお越しください」と声をかけられたとき、運命だと思った。飛龍を支えるのが自分の使命だと信じて、私は国を渡ったんだ。

——それにしても、なんでこんなに昔を思い出すんだろう。

飛龍に拾われたから？　のんびり考える時間が増えたから？　それとも、なぜだかとっても懐かしく感じる、この甘い香りのせい？

そう。香りだ。初日に塗ってもらった香油からした香りだけど、部屋の中や飛龍の着物からも、同じ香りがふわりと漂《ただよ》っている。たぶん部屋の主が不在の間にも、侍従が香を焚《た》いているのだろう。よほど飛龍は、この香りが好きみたいだ――

そんなことを思いながら、私はクワッとあくびをし、しなやかな猫の身体を伸ばす。うにゃあ、と思い切り呻《うめ》きながら、頭上を見上げ――固まった。

「おはよう、スイ。今日もとびっきりに可愛いな」

至近距離にましますド級の美顔。艶《つや》やかな黒髪の間から、愛しい恋人を見つめるような甘い眼差《まなざ》しが、うっとりと私を眺めている。

『うきゃあああああ！』

朝から心臓に悪い！　刺激が強すぎる！

視界一杯に広がるご尊顔に、私は毛を逆立てて悲鳴をあげた。

飛龍は慌てて身体を起こし、あたふたと両手を振る。

「す、すまない。ぴくぴくと前足を揺らして眠るスイがあんまり可愛くて……。目に入れても痛くないなどと考えていたら、本当に目の中に入れそうになっていた」

『朝からどういう状況⁉』

あと少し目が覚めるのが遅かったら、飛龍は私の毛玉ボディに目ん玉を押し付けるという奇行を犯していたらしい。

そんな理由で龍華国の皇帝が失明とか、くだらなすぎて嫌すぎる。朝は苦手だけど、これからは飛龍より早く起きるよう努力しよう。

真剣に悩む私をよそに、飛龍は幸せそうに私のしなやかボディを撫《な》でる。

「ふふ。スイは今日も柔らかいな」

あ、ちょ。お腹《なか》をやわやわと揉《も》むのは止《や》めて。それをされると自然に喉《のど》が鳴って、うう一ん、ごろごろ、うにゃ……

私が朝から飛龍に懐柔《かいじゅう》されかけたとき、泰然が数名の侍従を引きつれてやってきた。

「おはようございます、我が君。おや。既《すで》にお目覚めでしたか」

「邪魔だぞ、泰然。俺は今、スイとの蜜月を堪能《たんのう》しているところだ」

私を撫《な》でる手を止めずに、飛龍が唇を尖《とが》らせる。

なんとなくだけど、飛龍は泰然に甘えている節がある。これがふたりの慣れた関係のようで、泰然も平然と私にお辞儀した。

「これは、これは。お猫様も、本日も見目麗《うるわ》しく」

「当たり前だ。スイはいつ何時《なんどき》も可愛いし天使だ」

「そういう我が君も、随分と顔色がよくなりまして」

「スイが来てから、夜にぐっすり眠れるようになったからな」

得意げに笑って、飛龍は私の脇の下に手を入れて、猫ボディを持ち上げる。

ちなみに、泰然が私を「お猫様」と呼ぶのは、飛龍がそう命じたから。正確には、一度だけ泰然が「スイ様」と呼んだところ、「その名でスイを呼んでいいのは俺だけだ」と飛龍が謎の主張を繰り広げ、今のスタイルに落ち着いたという経緯。

……改めて振り返ってみても、理不尽がすぎる。私が逃亡しかけた夜は、「俺が嫌いなら、別の者に世話をさせてもいい」なんて言っていたくせに。飛龍の猫《わたし》への寵《ちょう》愛《あい》と独占欲は留まるところを知らないようだ。

苦労をかけてごめんね、泰然。飛龍のことは全然許せないけれど、貴方のことは応援するね。

私が生温かい目を向けていることには気づかず、泰然は淡々と手を差し出した。

「それでは我が君。お召し物を変えますので、お猫様を一度下ろしていただけますか」

「スイを抱いたままじゃダメなのか？」

「ダメです。前に一度試して、お猫様が暴れて大変だったでしょう？」

私を見つめる飛龍の眉がしゅんと下がる。その眼差《まなざ》しに一瞬絆《ほだ》されそうになるけれど、ここはガンとして譲らない。

だってここで抵抗しなかったら、私は飛龍の生着替えに同席しなくちゃならなくなる！

結婚していたとはいえ、私はお渡りのなかったお飾り妃。当然、飛龍の肌を見たことなんかない。猫に生まれ変わったとはいえ、心は生娘《きむすめ》のままだ。そんな私に、飛龍の生着替えは刺激が強すぎる。

ほら、だって。ちょっと想像しただけで、ドキドキと動悸《どうき》がする。

まだちょっと寝ぼけまなこの飛龍が、ぽやぽやとしたまま帯をくつろがせる。彼の肩からしゅるりと衣が落ち、気だるげな色気と共にゆっくりと振り返って――

『だあああから！　刺激が！　強すぎる！』

「ぽん！」と頭が沸騰《ふっとう》しそうになって、私は慌てて妄想の飛龍（生着替え中）を追っ払おうと、空中に向かって猫パンチを繰り出す。

それを見た泰然が、それ見たことかとひらりと手を振った。

「ほら。お猫様も、早く行けと仰《おお》せみたいですよ。行きますよ、我が君」

かくして衝立《ついたて》の向こうに、飛龍は連行される。

念には念を入れて背中を向けたうえで、私はクワッと欠伸《あくび》をした。

さて。「翠花」としての記憶を取り戻し、皇帝陛下のお猫様として龍玉殿に住み始めてから、早十日の日が経つ。その間にも、少しばかりわかったことがある。

まず、今が、私が死んでからどれくらい経ったのかについて。

飛龍の書類を見て日付を確認してみると、私が死んでから六年の月日が流れていた。これは飛龍の姿から推測したのと、大きなくるいはない。

次に、龍華国の皇帝としての飛龍について。

思った通り、飛龍の側近に周家の人間はいなかった。経緯は知らないけど、私が死んでから今日までの間に、周大臣や彼の周りにいたひとたちは王宮から姿を消したらしい。

それで龍華国が荒《すさ》れたとか、王宮が混乱しているかといえば、そんなことはなかった。むしろ反対で、飛龍は龍華国始まって以来の賢王として崇《あが》められている。

先日、飛龍の膝に抱っこされて、民草との謁見《えっけん》の儀に出た。それは月に一度開かれる龍華国の王室の風習で、皇帝が直接、民の声を聞くための儀式だ。

民といっても地元の有力者だったり、大臣の口添えを得られるような地位の人間だったりするけれど。それでも、王宮の外がいい状態なのか悪い状態なのか、なんとなく察せられる。

彼らの話を聞いていると、龍華国の民は穏やかで安定した生活をしているらしい。

なんとなく悔しかった私は、順番待ちをしているひとたちの話を盗み聞きしようと、飛龍の膝から大脱走をした。少しでも、粗《あら》を探してやろうと思ったのだ。なのに、耳に入ったのは、飛龍を褒めたたえる声ばかりだ。

〝飛龍陛下の治世になってからというもの、あの方の素晴らしさには驚かされますな〟

〝あの方は領主の帳簿に厳しく目を通し、不当に民草から金銀を召し上げてきた貴族連中を処罰なさったからなあ。おかげで、法の下に必要な分だけ税を治めればよくなって、我々商人もかなり助かりましたね〟

〝それに聞きましたか。ここ最近、王都のあちこちで道や建物の修繕がなされ、学び舎なども新規に造られていますでしょう。あれは後宮を解体し、浮いた金を回して実現なさったのだとか。後宮に花を囲うは皇帝の特権でありますのに、それすらも放棄されるとは。本当に、飛龍陛下の清廉《せいれん》さには目を瞠《みは》るものがありますなあ〟

私が逃げたと大騒ぎする飛龍に呼び出されて、泰然が私を捜し回っていたらしい。彼にすぐに捕まってしまったので多くは聞けなかったものの、商人たちはかなり飛龍に好意的だった。

病《や》める者に優しく、貧しき者に温かく。それでいて甘いかといえば、そんなことはない。場を整え、機会を与え。自分の足で立てるように、そっと促《うなが》す。

それが、飛龍の政策の根幹のようだ。

――ふーん。やるじゃん。さすがの私も、そう認めざるを得なかった。

尊敬する兄・空龍様を支えて、龍華国をいい方向へ導くという夢。前半は空龍様が亡くなってしまい実現しなかったけれど、少なくとも後半は叶えた。実現した。幼い日、聡《さと》い瞳を輝かせて語った夢は、彼の努力により身を結んだのだ。

……民草の皆様の思う「飛龍陛下の素晴らしいポイント」の中に、「後宮を解体し、ただひとりの妃に真実の愛を貫《つらぬ》いた」というのがあるのが、釈然《しゃくぜん》としないけど。ただひとりの妃ってなんですか。いましたよ、もうひとり。初恋を拗《こじ》らせて寂しく死んだ、可哀想な琳翠花が。その辺どうなんですかね、吟遊詩人さん！

まったく、なあにが「初恋だった」だ。

私を追いかけてきた夜、細雪《ささめゆき》の中で話す飛龍の声は、すごく切なげだった。だから、つい絆《ほだ》されちゃったけど、やっぱり飛龍の大事なひとは桜綾なんだ。

しかも、美談に祭り上げられる程度には、今も桜綾と、変わらずイチャコラしているらしいし。

まあ、別に？　今更「飛龍ってば、本当は桜綾じゃなくて、私を好きだったのね」なんて、浮かれるほど頭の中にお花畑を飼っちゃいませんけど？

だとしても、アホらしいのには変わりはない。一瞬でも、飛龍の真意を知りたいなんて思った私が馬鹿だった。春になったら、早々に王宮からトンズラしてやろう。

そう、春になったら、だ。

先日は失念していたけど、龍華国の冬は洒落《しゃれ》にならないくらい寒い。

か弱い子猫かつ、人間だったときの記憶を引き継いだせいで野生の生活力ゼロな私では、三日ともたずお陀仏《だぶつ》してしまう。

だから私は、冬が明けるまでは飛龍の提案通り、ここにいてやることにした。ここでの生活が存外悪くないのが、その理由である。

皇帝の猫様ライフ、ものすごく快適なのだ。どこもかしこも暖房が行き届いていてあったかいし、クッションもふかふかで気持ちいいし。

おまけに、執務の合間に飛龍に抱っこされたり、モフられたりするのを我慢すれば、美味《おい》しいお菓子や果物が自動で出てくる食っちゃ寝生活。この自堕落《じだらく》生活を支えているのが、なーんにも知らない飛龍の「お猫様愛」というのも気分がいい。

やーい。あんたが一生懸命お世話させているお猫様は、散々冷遇して疎《うと》んじた、お邪魔虫の琳翠花だよ。ざまーみろっ！

「お着替えは以上です。さて。我が君、お猫様。朝食をお運びいたしますよ」

「ニャウニャウッ」

泰然に呼ばれて、私はご機嫌にデロデロに甘えた鳴き声で答える。

何せ泰然が私のために作ってくれるお粥《かゆ》が、ものすごく美味《おい》しいのだ。

もしも私が人間だったら、泰然にレシピを教わって、お夜食に作りたいくらい。

あ、けど。珀虎国にいた頃はたまに厨房《ちゅうぼう》を借りて料理をしていたけれど、龍華国でそれをするのは怒られちゃうかな？

すっかりお粥《かゆ》の口になった私は、メロメロと泰然の足にまとわりつく。すると飛龍が、みるみる口をへの字にして、不満そうに顔をしかめた。

「ずるい。スイは俺の猫なのに、泰然にばかり甘える」

「お猫様は賢くていらっしゃいますからね。誰が食事を用意しているのか、ちゃんとわかっていらっしゃるのでしょう」

「だったら負けない。スイの食事は、俺が作る」

「悪いこと言いませんから、それだけはお止《や》めなさい。貴方、前にも似たようなこと言って、黒炭を生み出してたでしょう」

呆《あき》れたように目を細める泰然に、飛龍がむぐっと言葉に詰まる。

その様子からして、飛龍の手料理スキルが壊滅的なのは本当らしい。

皇帝である飛龍に、料理をする機会があったとは驚きだ。なんにせよ、飛龍が私に手料理を振る舞おうとしたら、うっかり食べないように気をつけなきゃ。

「さあさ。早くお席におつきください、我が君。お猫様もどうぞ我が君のお近くに」

ゴロゴロと喉《のど》を鳴らして足元に擦り寄る私を、泰然がスッと抱き上げる。——途端、泰然は「ん?」と首を傾《かし》げた。

え、何?

はてなと見上げる私に首を傾《かし》げたまま、泰然はぷらぷらと私を揺らした。

「……お猫様、この短期間でずいぶんと重くなりましたね……?」

何げなく呟《つぶや》いた彼の声が、飛龍の寝室にシーンと響き渡った。

一瞬遅れて、私の全身は雷に打たれたように毛が逆立つ。

『にゃ、にゃんですってぇえ！』

太った？　私が？　お転婆《てんば》を叱《しか》られこそすれ、見た目だけは珀虎国の翡翠石《ひすいせき》と大絶賛された、この私が？

対して飛龍は、あまりピンと来ていなそうな顔で首を傾《かし》げた。

「そうか？　猫は大体、これくらいの重さだろ」

「大人の猫ならね！　ですが、お猫様はまだ成長途中の子猫ですよ。ほーらー。思った通り、お腹《なか》がこんなにぽっこりされて。貴方、私の知らないうちにお菓子をたくさんあげましたね？」

「当たり前だ。スイは翠花に似て天使のように可愛いし、甘いものが大好きだ。いくらでもお菓子を食べる権利がある」

「限度があるでしょう！　食べすぎは病気のもとですよ？　極端な体重の増加は腰を痛めたりして、お猫様のためにならないのに……」

……うん。わかった。わかったよ。もう止《や》めて。私のライフはもうゼロだよ。

あれだけ自堕落《じだらく》な食っちゃ寝生活をしていたんだ。猫だろうと人間だろうと、あれは太る。確実に太る。成長期だからいいよね、なんて軽く考えていた私が馬鹿だった。

チーンと項垂《うなだ》れる私を、憤慨《ふんがい》した飛龍が泰然から取り返した。

「スイは太ってなどいないし、太っていたとしても大陸一可愛い。ほら、見ろ。お腹《なか》からお尻にかけての完璧《かんぺき》なライン。この丸みが可愛いんだぞ」

「貴方だって、お猫様が丸いってわかってるんじゃないですか」

「俺はこの丸みがいいと言ってるんだ。何より、お菓子を口一杯に頬張っているときのスイは、小さいときの翠花そっくりでとびっきりに可愛いんだ。それなのに、お菓子をあげちゃいけないなんてあんまりだ」

「あのですねえ。私も太っているとまで言ってませんよ。ですが、この調子でお菓子をあげ続けていたら、ぷくぷく肥えるのも時間の問題……って。お猫様がこの世の終わりのような顔をしていらっしゃる⁉」

そのときになって初めて、泰然も、私が打ちのめされた虚無顔《きょむがお》で飛龍にぶら下がっているのに気づいたらしい。

ショックで茫然《ぼうぜん》とする私に、泰然はあたふたと腕を広げた。

「い、いえ。ですから、私が申し上げたのは可能性の問題でして。多少の体重増加やボディラインの変化は、成長期なら当たり前の現象ですよ！」

「ンナァ……ウナァ……」

「もう遅いぞ。泰然の心ない言葉のせいで、スイは心に深い傷を負ってしまった」

「そんなわけありますか？　お猫様はあくまでお猫様ですからね……？」

残念ながら私、中身は人間なんだ。

泰然だって「お猫様は人間の言葉を解されてるようですね」って、手放しで喜んでくれたじゃん。その辺のとこ、もう少し意識した上で言葉を選んでほしいな……すう。はあ。よし、現実を見よう。

私は太った。ぷくぷく肥えた。

たとえ猫になったとしても、体型の変化は乙女の危機。翠妃としての美意識を持って生まれた以上、なんとしてもこの屈辱《くつじょく》を晴らさなければ！

「大丈夫だ。スイはぷくぷくしていてもコロコロしていても、可愛いし天使だし俺の癒《いや》しだ。ほら、スイの好きな梨《なし》だ。一杯お食べ」

うん。飛龍はちょっと黙ろうか。

キッと梨《なし》から顔を背《そむ》けて、私は滲《にじ》みそうになる涙と戦いながら心に誓う。

目指せダイエット、美猫化計画！

＊　　＊　　＊

『……で、わてらのとこに来るっちゅうんが、嬢ちゃんのよくわからんところやな』

『お世話になりまーす！』

微妙な顔をする番犬ズの皆さんに、私はぺこーと頭を下げる。

何せダイエット強化期間中、私は番犬ズの皆さんにお世話になるのだ。彼らをプロの軍人とするなら、私は見習い隊員。出会いはアレだったけど、礼節はきっちり弁《わきま》えなくっちゃね。

私が番犬ズと再会できたのは、泰然が番犬ズの主人——王宮警備軍のトップ、姜《キョウ》将軍と掛け合ってくれたから。

ダイエットに取り組むにあたり、私は自堕落《じだらく》生活の諸悪の根源を、飛龍そのひとだと断定した。

ちなみにこの分析、十中八九間違っていない。

嬉しそうに私を抱きかかえて執務室に連れていき、「スイ。君はここで寝てるんだよ」とふかふかのクッションの上に寝かしつけ。

ふわわんと花の香りのするお茶で心地よく起こしたかと思えば、「ほーら。スイのお菓子はこっちだよ。たんとおあがり」と餌付《えづ》けをし。

執務に疲れるとフラフラと寄ってきて、「あぁ……。おひさまみたいな、スイの香り……。癒《いや》される……」と蕩《とろ》けるような甘い笑みで猫吸いしてきて。

お昼寝は気持ちいいし、お菓子も美味《おい》しいし。おまけに、あんなに幸せそうに吸い吸いされたら、「ま、まあ、少しくらいなら、そばにいてやってもいいけど？」なんて絆《ほだ》されてしまうもの。

結果、私は飛龍のそばで、日がな一日ぐーたら過ごす。

ほーら。私が太ったのは飛龍のせい！

だから私は、手っ取り早く飛龍と距離を取ることにした。

もちろん、執務室についていくなど、言語道断《ごんごどうだん》。泰然の目が離れた途端、飛龍が私に餌付《えづ》けするのが目に見えているからね。

だけど、ここでひと悶着《もんちゃく》がある。

私ははじめ、いつものように執務室に連れていこうとする飛龍の手から逃げ出し、庭に行きたいと主張した。泰然が窓の近くで「開けて」アピールをする私の意図を汲《く》んで、「お猫様の運動のためにも、お庭遊びはいいことですね」と歓迎してくれる。

なのに、ここで飛龍の過保護が炸裂した。

〝スイを庭で、一匹で遊ばせるなんて、とんでもない。スイが庭に出るなら、俺がそばで見守る〞

顔を引《ひ》き攣《つ》らせる泰然に、飛龍は平然とそう言い放つ。

なんと彼は、皇帝の執務を、子猫の遊びに付き合うために投げ出すつもりらしい。

泰然も頑張った。心配なら侍従が順番に見守るし、そもそもここは王都の中心で、しかも王宮の庭だ。そう心配しなくても、お猫様が危ない目にあうことなどありえない、と。

けれども飛龍は駄々《だだ》を捏《こ》ね続《つづ》け、挙句の果ては、執務室の内装をいじくり、猫《スイ》のためのアスレチック設備を造ろうなどとのたまう始末。

そこで、ついに泰然が悲鳴をあげた。彼はすぐさま姜将軍に連絡をとり、午前中は将軍が私を預かり、運動のケアなどのお世話をするよう約束を取り付ける。

……うん。毎回大事《おおごと》になって、ごめんね泰然。胃に穴があく前に休んでね。

かくして侍従長たる泰然のナイスアシストによって、私は強面《こわもて》大男の姜将軍及び、わんわんセキュリティーズの番犬ズの皆さんと再会した。

「よしよし、よーし。夜中に追っかけっこしとったと聞いたから心配したが、お前ら早速仲良さそうやな！　ええでー。その調子で愉快にやってこうや！」

人間には互いに尻尾《しっぽ》を振り合っているようにしか見えない私と番犬ズに、姜将軍がガハハと豪快に笑う。

ちなみにこの姜将軍、実は私のお爺様《じいさま》の古い友人だ。

たしか、大昔に龍華国で開かれた武芸大会で出会ったのだとか。お互い身分を隠して参加していた若き日のお爺様《じいさま》と姜将軍は、相手をひと目見た途端、「我が心の友《ライバル》を見つけたり！」と衝撃が走ったらしい。

以降、ふたりは何度となく拳《こぶし》を交えて親睦を深め、今なお続く飲み友達となった。

なんで私がそんなことを知っているのかといえば、私がおじいちゃんっ子で、姜将軍にも何度か会ったことがあったから。

私がこちらに嫁《とつ》いできてからも、姜将軍と私の交流は細々と続いていた。

女の園である後宮に立ち入るわけにはいかなくとも、式典や行事で顔を合わせた際に、将軍は私を気にかけてくれていた。

姜将軍は、周大臣や彼が付けてくれた女官たちとは別に、私がこの国で心から信頼できた貴重な人物。

再会できてすごく嬉しいけど、まさか将軍も、目の前の子猫の中身が旧友の孫とは気づいていないだろう。

なんだか悪戯《いたずら》が成功した心地でワクワク見上げる私に、姜将軍はへへっと鼻の下を擦《こす》った。

「普段は犬どもの躾《しつけ》は、ここにいる浩宇《コウウ》に任せてるんやけどな。今日は大事なお客さんがいるさかい、俺もお前さんらを鍛えたるわ」

「うわあ！　すごく美人さんな猫ちゃんだ！」

熊みたいな見た目の姜将軍とは対照的に、ものすごく優しそうな青年が笑顔で私を覗《のぞ》き込《こ》む。全身からひしひしと「動物好き！」というのが伝わってくる。あまり強そうに見えないけど、動物のお世話係という意味ではぴったりだ。

何より、私を見た第一声が「美人さんっ」というのが、お目が高い。

ええ、ええ。私、これでも人間のときは、珀虎国の翡翠姫《ひすいひめ》と謳《うた》われていたんですの。

気をよくした私は、自慢の尻尾《しっぽ》をくゆらせて、浩宇の手に頭をこすりつけた。

『今日はよろしくね、浩宇』

「すごい！　この子、挨拶《あいさつ》してくれましたよ」

びっくりした浩宇が、感激して姜将軍を振り返る。

普段から番犬ズと意思疎通をしているだけあって、理解が早い。猫の気持ちを察してくれる人間は、私も大好きだよ。

「泰然曰《いわ》く、かなり頭のええ猫ちゃんらしいで。なんでも人間の言葉を理解して、それっぽく会話まで成り立つらしい」

「うへえ！　何それ、もはや天才の域じゃないですか！」

「それだけやないで。ここ最近、飛龍陛下に笑顔が戻ったのも、お猫様のおかげらしい。陛下の沈んだお心に寄り添い、癒《いや》したんだとか。侍従連中が『お猫様は、陛下のために天女が遣わした精霊に違いない』って感激しとったわ」

「もはや伝説の域じゃないですか。っていうか、いいんですか？　僕たちこれから、天女の御使《みつか》いの如《ごと》きお猫様を、番犬ズの訓練に放り込もうとしてるんですけど！」

ほうほう。泰然もなかなかだけど、浩宇もかなりのツッコミ属性持ち……じゃ、なくて。

妙に恭《うやうや》しくお世話してくれるとは思っていたけど、まさか飛龍の侍従の間で、私の評価がそんなことになっているなんて知らなかった。

大丈夫か、龍華国。私を拾う前の飛龍、どんだけ周りのひとたちに心配かけてるのよ。

唖然《あぜん》とする私をよそに、姜将軍はひらひらと手を振った。

「ええ、ええ。泰然からも、お猫様をたっぷり運動させたれ言われてるからなあ。何より、見てみ。お猫様の目。やる気に満《み》ち溢《あふ》れた、ええ目をしてるやないか」

姜将軍に促《うなが》されて、私はぴんと耳を立てた。

飛龍のことも気になるけど、今はとにかくダイエット！（見た目だけは）珀虎国の翡翠姫《ひすいひめ》とか大陸の宝石とかと謳《うた》われた私の矜持《きょうじ》として、なんとしてもお腹《なか》に溜まった脂肪を撲滅し、しなやかな美猫にならなければならない。

「ニャア。ウニャア！」

「ほれ。お猫様も任せろって言うとるわ！」

「大丈夫かなあ……。とにかくよろしくね、お猫様」

「ニャ！」

私が元気に鳴いたのを合図に、その日の訓練がスタートした。

さて。これまで『番犬ズ』とひとまとめにしてきた三匹の犬たちだけど、彼らにもちゃんと、一匹一匹名前がある。

軍用犬らしく整列した三匹は、右から順番に短く吠えた。

『俺はタロ。兄や！』

『おいらはジロ。弟や！』

『そいで、わてはゲンゾウ。こいつらの親父や！』

あまり耳馴染《みみなじ》みのない名前だけど、東の国でよく使われる名前なのだとか。お父さんのゲンゾウと、兄弟のタロ・ジロ。この三匹で、龍玉殿の庭を守っているらしい。

「番犬ズには普段から、色々な訓練を受けさせているんだ」

お行儀よく並ぶ強面《こわもて》三匹の隣で、浩宇が人差し指を立てて、律義に教えてくれる。

「武器を持った相手を無力化して捕まえたり、隠された火薬や劇物を見つけ出したり。ほかにも、火事や災害に備えて人命救助の訓練もしているよ」

『すごいな、番犬ズ！』

『へへっ。恐れ入ったか、嬢ちゃん！』

感嘆する私に、えっへんとジロが上を向く。今にもちぎれてしまうんじゃないかってくらい尻尾《しっぽ》が揺れていて、すごく得意げだ。

「とまあ、色々種類はあるんだけど。今日はお猫様もいるから、体力づくりの基礎トレをするよ。て、わけでじゃじゃーん！　僕が番犬ズの訓練のために設計した、『わんわんアスレチック』だよ！」

『おお！』

浩宇が指し示した先にあるのは、王宮警備軍の知恵と技術を結集させた、最新のアスレチック施設――の、番犬ズ版だ。

施設があるのは、警備軍の訓練場の一角。といってもかなりの広さを誇る。四足歩行で渡るのはかなりきつそうな細い平均台や、今にも崩れそうな砂の山。ほかにも雲梯《うんてい》やら、うっかりすると引っ掛かりそうな網のトンネルなど、どう考えても犬猫向きでない道具まである。

ほんとすごいな、番犬ズ。あそこに見えるのなんて、旅芸人のテントで大人気の演目・火の輪くぐりの道具だ。前に一度、珀虎国の王宮で見たことがある。あの輪っかに火をつけて、真ん中を飛び越える芸だ。

いいのかな。こんなに楽しそうなこと、いいのかな。

私は人間だったときから、身体を動かすのが大好きだ。龍華国に嫁《とつ》いでからは大人しい振りをしていたけど、珀虎国にいた頃は、母様の目を盗んでお転婆三昧《てんばざんまい》。お爺様《じいさま》の弟子に交ざって習っていた剣の腕だって、同年代の男の子にも負けなかった。

そんな私からすると、このアスレチックの山はパラダイスだ！

「こいつらが守るのは、陛下のおわす龍玉殿やからな。足場の悪い中でも活躍できるバランス力、とっさの判断力、過酷な条件にも喰らいつく精神力と、何をとっても完《かん》璧《ぺき》でないとあかん。だからこそ、この施設にはあらゆる要素が詰め込まれてるんや」

『とっても楽しそうね、今すぐ実践したいわ！』

「お猫様、ものすごいやる気だなあ……？　まずは番犬ズがお手本を見せるからね。よおし。行くぞ、タロ、ジロ、ゲンゾウ！」

『合点承知！』

『任せときぃ！』

『行くぜ、ガキども！』

「「わんわん、わわん！」」

飛び出していった三匹の腕前は、鮮やかとしか言いようがなかった。至極難関と思われる平均台の上をするすると駆け抜け、目にもとまらぬ速さで網のトンネルを潜《くぐ》り抜《ぬ》け。砂の山を粉塵《ふんじん》も立てずに登り切ったかと思えば、前足だけで器用に雲梯《うんてい》を渡り切る。

「いいぞ！　タロ、ジロ、ゲンゾウ！　今日は調子がいいじゃないか！」

『へへ。カワイ子ちゃんが見てるのに、手が抜けるかいな！』

『よっしゃー！　スピードアップといくでー！』

そんなこんなで、丸太を飛び越えたり池を泳いだりして、番犬ズはあっという間にクライマックスへ。

ぼわっと姜将軍が一番大きな輪っかに火をつけ、タロ、ジロ、ゲンゾウが順番に勢いよく潜《くぐ》り抜《ぬ》ける。

そうして三匹は、お行儀よく並んでフィニッシュした！

『ブラボー、番犬ズ！』

感動した私は、凛々《りり》しく並ぶ三匹の軍用犬に駆け寄った。キラキラと見上げると、彼らは満更でもなさそうに鼻面を天に向ける。

『まあな！　おいらたちにかかれば、ちょちょいのちょいや！』

『嬢ちゃんにはまだ、難易度高いやろけど』

『日々の鍛錬が、わてらを強くしたんや！』

「さて。お猫様の番だよ」

浩宇の言葉に、私はぱっと期待一杯に振り返る。

だって、番犬ズが実践しているのを見ている最中から、ずっと自分の番が来るのが待ち遠しかったんだもの。あそこは自分ならどうするかなとか、猫の身体ならあんなこともできちゃうかなとか、ワクワクが止まらなかった。

なのに浩宇が指さしたのは、番犬ズがトライしたのとは別の器具——丸太の平均台と、小さな網の登坂だ。

「といっても、お猫様はこっちね。ひとつずつ番犬ズと同じ種目ができるようになるのを目指すとして。こっちの初心者版で、無理せず身体を作っていこうね」

『え、ええ～～！』

ショックのあまり、私はがんーっと打ちのめされた。やだ！　絶対、番犬ズがやったアスレチックのほうが面白そう！

あんまり私が不服そうに鳴いたもんだから、浩宇と姜将軍は顔を見合わせた。

「なんか。お猫様、怒ってません？」

「うーん。あない簡単な遊戯じゃ満足できへん！　って顔やな」

よかった！　伝わった！　まったくもってその通りです、姜将軍！

たしかに番犬ズのアスレチックは難しそうだけど、猫になって身体が軽くなった今なら、できそうな気がする。何より、せっかく久しぶりに思いっきり身体を動かせそうなのに、目の前で取り上げられるなんてあんまりだ！

「で、でもねえ。うちの番犬ズも、ここまですらすらできるようになったのは、一年くらい練習したからですもんね……」

「せやで。石の上にも三年って言葉もある。地道なことでもコツコツ重ねりゃ、いつかでっかい夢叶えられるんや！」

ふたりの言っていることはわかる。わかる、けど。

キランと目を輝かせた私は、猛然とアスレチックにダッシュした！

「あ、お猫様‼」

『無理すんなや、嬢ちゃん！』

浩宇、そしてゲンゾウの声が背中を追いかける。だけど、私は猛然と足を進めた。

——耐えて、耐え忍んで。それはたしかに、ひとつの方法だ。

だけど前世の私は、それで三年を無駄にした。

いつか、飛龍は私を見てくれる。必ず、昔みたいに笑顔を向けてくれる。そう自分に言い聞かせて、最後は馬鹿みたいに死んだ。

失敗したっていい。全力全開、精一杯に当たって砕けて、それでもダメならサクッと切り替えればいい。前世の私に足りなかったのは、そういう軽やかさだ。

もう昔みたいに、自分を押し殺して耐え忍ぶのは止《や》めだ。人生の扉は、自分で蹴破って開けてやる。

「うにゃあああ！」

気合のこもった雄叫《おたけ》びとともに、私は地面を蹴ってアスレチックに飛び移った——

結論から言うと、私は伝説《レジェンド》になった。

「泰然、泰然！」

私を抱えて、どたどたと姜将軍が廊下を走る。強面《こわもて》の熊のような将軍が、ぐったり疲れ果てた白い子猫を抱えて走るもんだから、道を譲る官吏や侍従も何事かと目を丸くしている。

しばらく龍玉殿の中を行くと、騒ぎを聞きつけた泰然が、慌てた様子でこちらに向かってきた。

「姜将軍！　いかがされたのですか？　まさか、お猫様に何か大事が……っ」

「お猫様は天才やで！」

クワッと。興奮して叫ぶ姜将軍に、泰然は「は？」と美しい顔をしかめた。

「失礼。私、いささか状況を掴めずにいるのですが……」

「泰然様に事前に伺っていた以上に、お猫様は動物として並外れた、いえ。軍用猫として非凡なる才をお持ちでいらっしゃるのです！」

「軍用猫？？？」

姜将軍の後ろで、浩宇も我慢できずに叫ぶ。一方の泰然は、ますます戸惑《とまど》った声を出した。

——うん。やりすぎた。はしゃぎすぎたよね。

いささか疲れた私は、姜将軍に抱っこされたままぐったりとする。

あの後。果敢にアスレチックに挑んだ私は、初心者にしてすべてをクリアした！

多少拙《つたな》い部分があった自覚はあるけれども、それでも成功は成功。初めてにしては、悪くない結果だと思う。

これに度肝を抜かれたのは、姜将軍と浩宇、そして番犬ズだ。

ざわつき始めたふたりは、その後、私に次々とより高度な特訓を課してきた。

けれども、縄跳びしかり、球蹴りしかり。私は次々に難関をクリアする。

当然だよね。四足歩行になった難しさはあるけれど、中身は人間。しかも、猫になって身体能力が上がっている。昔のコツを思い出せば、やってやれないことはない。

挙句、俄然《がぜん》やる気になった番犬ズをひきつれ、次々に隊列を組みながら運動場を行進したもんだから、ついに姜将軍と浩宇は抱き合って泣きだした。

三匹が賢く言う通りに動いてくれるのが楽しくて、お爺様《じいさま》——珀虎国の伝説の英《えい》傑《けつ》・琳炎徳《エントク》の真似をしてみたんだけど、さすがにびっくりさせてしまったみたい。

そういうわけで、今に至る。

「泰然！　お猫様は、まぎれもなく軍神様の導き手や！　お猫様がいれば、龍華国の軍用動物は変わる。変わってしまう。これからは、動物たちがお猫様の下に集《つど》い、隊列を組んで戦う時代や！」

「色々と突っ込みたいことはありますが……すみません、なんて？」

「このままお猫様の才能を眠らせるのは、我が国、いや、我が国の過去と未来のすべてにおける喪失だと申し上げているのです！」

……あれ？　まさかこれ、本気じゃないよね？

不安になった私は姜将軍を見上げて——そして悟った。

どうしよう。これ、マジで言ってる。

「い、いやいや。お猫様は、飛龍陛下の飼い猫ですよ？　姜将軍に預けるだけでも、あんなに渋っていたのに。軍属にしたいだなんて、言えるわけないでしょう！」

「そこは、ほら。泰然の腕の見せどころや。お前、なんのために侍従長になったと思ってるんや」

「少なくとも、お猫様を軍属に変えるためじゃありませんね。ていうか、なんですか軍用猫って！」

頑張れ、泰然！　負けるな！

戸惑《とまど》いつつも押され気味の泰然を、私は心の中で必死に応援する。

私も今日の訓練は楽しかったけど、あくまで「身体が動かせて楽しかった！」ってだけだからね？　基本は猫らしくのびのびしていたいし、あったかいお部屋でぬくぬくしていたい。守って、泰然。私の幸せお猫様生活を！

「わからんやっちゃなあ。陛下に上申してくれよ。お前の口から、ちょっちょっと気軽に」

「言えるか！　ていうか、下手にそんなこと言って、陛下が闇堕《やみお》ちしたらどうしてくれるんです！」

「お願いします、泰然様！　必要とあれば、お猫様がいかに軍用猫として優れていらっしゃるか、直接陛下の前で実践することも……」

「余のスイが、なんと申したか？」

ゆらりと深淵《しんえん》から立ち上ったような声に、誰もが「ひゅっ」と息を呑んだ。

私ですら、全身の毛が一瞬でビリビリと逆立った。

なんだろう。ひどく凍えた気配がする。

ビクビクと怯《おび》えながら泰然の後ろを見た私は、「フギャ」と声にならない悲鳴をあげる。

そこにいるのは、飛龍だった。

ぞくりと凍えるような色香を放ちながら下々の者を見据《みす》え、抜身の刃のような危《あや》うげな殺気を身に纏《まと》う、荒《すさ》みに荒《すさ》んだ飛龍がいた。

助かった。助かった、はずなのに。なぜか状況が悪化し続けている気がする。私はブルブルと縮こまりながら飛龍を見上げた。

まず、飛龍の目。かんっっっぜんに据《す》わっている。ただでさえ鋭い美形なのに、そういう表情をすると洒落《しゃれ》にならないくらい怖い。

あと、ビュウビュウ北風が吹き始めたのは偶然？　まさか飛龍が？　そんなわけないよね？

これはマズイ。飛龍以外の全員が頭の中で呟《つぶや》いたそのとき、飛龍が繰り返した。

「申してみよ。余のスイを、どうしたいと申したか」

「あの、飛龍陛下……」

「お前たちは俺からスイを奪うのか？　……また俺はスイを失うのか？　スイは――翠花を、俺は」

「ひ、ひえ……！」

あまりの気迫に、浩宇が泣き出しそうになる。

後半はよく聞こえなかったけど、明らかに飛龍の様子が変だ。

どうすんの。どうすんの、この空気。責任取ってよ、姜将軍！

私が八つ当たり気味に心の中で悲鳴をあげたそのとき、姜将軍が歴戦の将らしく素早く動いた！

「い、いややわ！　お猫様がすっかりお眠さんのようですから、陛下の近くでお昼寝したいやろうとお連れしたんですわ！　なあ、泰然！」

「そ、そうですよ、陛下！　嫌ですねえ、立ち話の冗談に本気《マジ》になっちゃって。ほおら！　貴方の愛しのお猫様が、貴方に会うために帰ってきましたよーお！」

姜将軍がさっと私を泰然に渡し、泰然もさっと流れるように私を飛龍に献上する。

や、止《や》めれ！　荒ぶる飛龍を宥《なだ》めるために、私を生贄《いけにえ》に差し出さないで！

――ていうか飛龍、本当にどうしちゃったんだろう。

翠花《わたし》の薬をひっくり返したときもすごい剣幕だったけど。今のほうが荒れている。

というか、ボロボロだ。

例えるなら、ギリギリのところで均衡を保っていたものが、ついに決壊した感じ。

瞳が昏《くら》い。目の前のものを見ているようで、その実、何も見ていない。近くで見上げると、ちょっと笑い事にできない異様さが伝わってくる。

『飛龍。しっかりしてよ。ねえってば』

仕方なく泰然に差し出されたまま、私は飛龍を見上げて何度かみゃうみゃう鳴いた。

すると、昏《くら》く染まっていた飛龍の瞳に、徐々に人間らしさが戻ってくる。

まるで彼岸《ひがん》にいるかのような目で、ぼんやりと飛龍が私を見た。

「……スイ？」

『そうだよ！　スイだよ！』

「大丈夫です、陛下。貴方のスイ様を奪う者はここにはいません！」

明らかに敢《あ》えてといった様子で、泰然が私の名を叫ぶ。

それが引き金になったのか、悪い夢から醒《さ》めたように飛龍が瞬《まばた》きをする。

そのうち、その瞳にはいつもの静かで穏やかな色が戻り、彼は蕩《とろ》けるような笑みを浮かべた。

「ああ、スイ。おかえり！」

飛龍は泰然から私を受け取り、ぎゅうーっと抱き締める。

結構苦しいし、私が運動場を駆け回った後のせいで、美しいご尊顔や衣が砂だらけになっていたたまれない。

だけど私は空気を読んで、飛龍の好きなだけ、私をスハスハと吸わせてやった。

「ああ、スイ……大好きだ、スイ……。嬉しい。スイの匂いがする……」

幸せそうに猫吸いする飛龍に、私はムズムズとしながらもなんとか耐える。

身体の匂いを思い切り嗅《か》がれるというのはこそばゆいし、何より乙女の矜持的《きょうじてき》な意味で恥ずかしくて仕方がない。

だけど飛龍は、よく私のお腹《なか》に顔を埋めてはとっても幸せそうな顔をする。これならきっと、すぐに彼は元気になるだろう。

私の思惑《おもわく》通り、飛龍はほどなくして、完全に自分を取り戻した。正気に戻った彼は、姜将軍と浩宇に申し訳なさそうに肩を落とす。

——なんていうか、大型犬が落ち込んでいるみたい。そこはかとなく庇護欲《ひごよく》をそそられる姿なんだけど、綺麗な顔が私のせいで砂だらけだよ。

「姜将軍に、そなたは……江《コウ》浩宇だったな。ふたりともすまない。スイと離れていた寂しさで我を失っていた。スイを預かってくれと頼んだのは、こちらだというのに」

「いやいや。先に悪ノリしたんはこっちやしなあ」

「お猫様を軍用猫にしたいなんて不敬でした。どうかお許しください」

「ぺこー！」と効果音が付きそうな勢いで、浩宇が頭を下げる。

それに目を細めてから、飛龍は腕の中の私を見下ろした。

「スイ。運動は楽しかったか」

「ミャウ！」

「そうか。……お転婆《てんば》なところも、本当にそっくりだな、お前は」

誰に、というのは、飛龍の口から聞かなくてもわかる気がする。

私の喉《のど》を指でくすぐりつつ、飛龍が微笑《ほほえ》む。その、砂糖菓子よりも甘い笑みに、姜将軍と浩宇ばかりか、泰然までもが目を瞠《みは》った。

正直言って、私もやられた。すごいな、顔面。国宝かな。

「お前たちには後で酒を届けさせよう。迂間《ウカン》の美酒だ、皆で楽しんでくれ。軍属にはしてやれないが、これに懲《こ》りず、またスイをよろしく頼む」

「はっ！」

姜将軍と浩宇が、胸に手を当てて答える。

それを一瞥《いちべつ》してから、飛龍はさっさと執務室に足を向ける。彼らに背中を向けた途端、飛龍はメロメロに表情を緩めて、にこにこと私に語りかけた。

「頑張ったな、スイ。たくさん走って疲れただろう。午後は俺の膝でゆっくり眠るといい。そうだ。その前に、褒美の梨《なし》をあげよう」

「お猫様がなんのために運動を始めたのかお忘れなく。ここで菓子をあげては、せっかくの運動が無駄になりますよ」

「つまらないことを言うな、泰然。それに梨《なし》はほぼ水だろう？　運動の後にぴったりじゃないか」

「水は水、果物は果物ですから！　まったく。貴方は変なところで大雑把《おおざっぱ》なんですよ」

すっかり普段の空気に戻って、軽口を叩き合う飛龍と泰然。子猫をダシにほのぼのと笑い合う主従ふたりは、いっそ平和で可愛らしい。

じゃ、なくて！　君たち、なんでそんなに普通なの。

さっき一瞬、めちゃくちゃ歪《いびつ》な雰囲気だったよね？　どうして泰然も、あんな主君を見た後でヘラヘラ笑ってられるの？

……もしかして、あれ。飛龍の平常運転なんだろうか。

そういえば、泰然、それに姜将軍たちも。猫《わたし》を飼うようになってから、飛龍が元気を取り戻したみたいなことを言っていた。

私はてっきり「政務でデロデロに疲れ果てた飛龍が、飼い猫のおかげで元気になってよかったね」くらいのライトな話だと思っていた。

だけど、そうじゃなかったら？　さっきの飛龍は泰然にとって見慣れた姿で、私が来るまでの飛龍は、たびたびああいう昏《くら》い表情をしていたんだとしたら……

――もしかして飛龍、病《や》んじゃってる？

幸せそうに私を抱っこする飛龍に運ばれながら、私はひたすら困惑したのだった。

三章　気になる貴方

〝スイ、どこにいるの、スイ！〟

遠くから自分を呼ぶ声がして、私は閉じた瞼《まぶた》に力を込める。

誰だろう。せっかく気持ちよく眠っていたのに。

私が目を開いたとき、その誰かさんの声が、真上から降ってきた。

〝わああ⁉　ウソ、寝てるの⁉　起きて、スイ！〟

〝なあに、飛龍？〟

瞼《まぶた》をこすりながら、私は身体を起こす。すると、もこもこの外套《がいとう》から雪が零《こぼ》れ落《お》ちる。

そっか。雪の上に寝転んで見上げた青空があんまり綺麗だから、雲を数えているうちに眠ってしまったらしい。

寝起きでぽやっとする私の外套《がいとう》を払って雪を落としながら、飛龍は怒ったように唇を尖《とが》らせた。

〝まったく、雪の上で眠るなんて……。さすがにお転婆《てんば》がすぎるよ。風邪を引いたらどうするのさ〟

〝お願い。母様には内緒にしてね〟

〝さて、どうしようかな。君を捜して、僕も寒い思いをしたからな〟

〝えええ！〟

珍しく意地悪を言う飛龍に、私は絶望して悲鳴をあげた。飛龍も鬼ではないので、オロオロする私に良心が咎《とが》めたのか、ちょっぴり困った顔をする。

〝スイがいけないんだよ。何度呼んでも返事をしないから、僕はスイが誘拐されたんじゃないかと心配したんだ〟

〝心配かけて、ごめんなさい。だけど、変なの。宮殿の中は安全なのに、誘拐なんかされるわけないじゃない〟

飛龍はたまに変なところで臆病だ。微《かす》かな物音がしただけで身を強張《こわば》らせるし、この頃には大分マシになっていたけど、初めはお菓子や食事に口を付けるのも警戒しているみたいだった。

私が首を傾《かし》げると、飛龍は何か言いたそうに口を開いたり閉じたりする。やがて考え直したのか、ホッと笑みを漏らした。

〝……そうだね。スイの言う通りだ〟

〝でしょ？　飛龍は心配しすぎなのよ〟

〝だからって、外で寝ていいわけじゃないからね〟

〝わーわーわー！　ごめんなさいってば。空があんまり綺麗だったし……、それに告《こく》春花《はるか》が咲いてたから、つい隣に寝転びたくなっちゃって〟

〝告春花？〟

〝見て。すっごく可愛いの〟

話がそれたことにホッとして、私はいそいそと地面を指差した。つられて飛龍も、雪の合間から顔を出す小さな花に視線を向ける。

告春花は、その名の通り、春を告げる花だ。冬の終わり、雪が解け始めた頃に、雪の間から可愛らしい薄緑色の花を覗《のぞ》かせる。そのため珀虎国では、縁起のいい花として愛されていた。

〝お庭を散歩してたら見つけてね。もう春だなあって、嬉しくなっちゃったの〟

〝ほんの少し、甘い香りがする。これは告春花の香り？〟

〝そうよ！　私、この花が大好きなの。優しくて甘い、春の匂いがするでしょ。それにね、とっても素敵な花言葉があるの〟

〝なんだろう。春の花だし、『幸福の始まり』とか？〟

〝それもあるけど、私が好きなのは『真実の愛を誓う』なの〟

それを聞いた飛龍が咳《せ》き込《こ》んだ。その隣で、私は澄ました顔で続ける。

〝珀虎国では結婚を申し込むとき、告春花の髪飾りを贈るならわしがあるの。ほかにも、恋愛成就のお守りに告春花の匂い袋を持ち歩いたり、愛するひとを想って告春花の香を焚《た》いたりもするのよ。私もいつか、大好きなひとから告春花の髪飾りをもらうのが夢なんだ〟

その日を想像して、私はうっとりとした。相手はもちろん飛龍だ。飛龍はきっと、素敵な男のひとになるだろう。今だって素敵だけど、背だって高くなるし、声もぐっと低くなる。今よりもさらに賢くなって、剣もずっと強くなる。誰もかれもが飛龍を振り返る。そんな大人になるに違いない。

だけど、私はちょっぴり不安にもなった。結婚の約束はしたけれど、いずれ飛龍が龍華国に帰るのは変わらない。飛龍が今よりさらに素敵になったら、龍華国の女のひとたちが、飛龍を放っておいてくれないんじゃないかしら。

そんなことを考えていたところ、飛龍が私の髪に触れた。

〝スイ、こっちを見て〟

〝なあに、飛龍。……え？〟

差し出された手鏡に映る自分を見て、びっくりする。いつの間に摘んだのだろう。私の髪には、薄緑色の可愛らしい花が咲いていた。

〝今はまだ、これで我慢して〟

目を丸くする私に、飛龍は微笑《ほほえ》んだ。

〝だけど、約束するよ。いつか絶対、君に告春花の髪飾りを贈る。僕の真実の愛は君だ。スイの真実の愛が、僕であるように〟

ふにっと頬に柔らかい何かが触れる。それが口付けと呼ばれるものだと気づいたのは、飛龍がちょっぴり恥ずかしそうに頬を染めたからだ。

〝ふぇ、飛龍……？〟

〝大好きだよ、スイ。僕の、最初で最後の愛するひと〟

飛龍に抱き締められて、私は顔が熱くなるのを感じた。

父様に抱き締めてもらうのとは違う。母様に抱き締めてもらうのとはもっと違う。温かくて、幸せで、なのにドキドキと胸が苦しくなる。苦しいのに、ずっと抱き締めていてほしくなる。

〝……私も。大好きよ、飛龍。貴方だけを、ずっと愛すと約束するわ〟

飛龍が髪に飾ってくれた告春花は、その日の夜には元気がなくなってしまった。どうしても花を取っておきたかった私は、母様に相談して押し花にする。

日記帳に挟んだその花を、毎日眺めては幸せな気持ちになった。それは飛龍が龍華国に帰ってからも変わらなくて、むしろ一日に何度も見ては、彼を思い出した。

この花が、私と飛龍をまた引き合わせてくれる。そんな気がしていた。

＊　　＊　　＊

初めての番犬ズとトレーニングから、二十日ほど経った。

しばらくの間、私は注意深く、戦々恐々としながら飛龍の動向を見守った。けれども、あの日を最後に、飛龍の様子が極端におかしくなることはない。

私がいない間寂しいのは本当みたいで、飛龍は日増しに、戻ってきた私に構おうとする。

「そおれ、スイ！　ほれ！　捕まえてごらん！」

えい！　ええい！

先っぽに綿毛が付いた、ねこじゃらしのようなおもちゃが、ぴょんぴょんと目の前で振られる。猫の性に引っ張られて、私はそれを追いかけずにはいられない。

あっという間に、一生懸命ぴょんぴょんじゃれつく子猫と、満面の笑みでそれをあしらう皇帝という図が出来上がる。

『と、取ったどー！』

ようやくねこじゃらしを捕まえた私は、ザ・子猫の性により、うにゃうにゃと綿毛に擦りつく。それを見た飛龍が、ますます破顔してメロメロになった。

「えらいな、スイ！　よーし。ご褒美にマッサージしてやろう」

「フ、フニャア……！」

「そーか、そーか。ここも揉《も》んでやろう。ほれ」

「ゴ、ゴロニャア……」

だめぇー。溶けちゃうー。

だらしなく四肢《しし》を投げ出して、私は飛龍の膝の上でなされるままに撫《な》でさすられる。

そんな私の喉《のど》や額《ひたい》、お腹《なか》などを飛龍は絶妙な力加減で、すりすりと優しく揉《も》む。

気持ちいい……。極楽……

そんな職業があるのか知らないけど、猫専門マッサージ師なる職業があるとしたら、飛龍は間違いなく一級マッサージ師の称号をもらっていい。なんなら、今ここで私が任命しよう。それくらい飛龍のマジックハンドは、猫の喜ぶツボを押さえている。

ゴロゴロと無限に喉《のど》を鳴らしていると、彼はふっと切れ長の目を細めて微笑《ほほえ》んだ。

「スイは反応が素直だな。どこがいいのか、俺には手にとるようにわかる。お前はもう、俺なしでは満足できない身体になってしまっただろう」

うーん。飛龍ばりのイケメンが蕩《とろ》けるような声でそんなことを囁《ささや》くと、セクシーというか聞いてはいけない何かを耳にしてしまった気分になる。

だけどこれ、あくまでマッサージです。

それにしても仰《おっしゃ》る通《とお》り、連日のダイエット作戦の心地よい疲労も相まって、もう飛龍の魅惑のマジックハンドなしには、私は生きていけません！

「ふふ、そうだろう。かまわないさ。俺もとうに、スイなしでは生きられない下僕だ」

低く艶《あで》やかな声でそんなことをのたまい、飛龍がうっとりと私を覗《のぞ》き込《こ》む。

あ、あわ、今度は前足……。肉球をふにふにする絶妙な力加減といったら！　このままじゃ私、飛龍の魅惑のテクニックに陥落《かんらく》してしまう……

そのとき、執務室の隅から第三者の声がした。

「なーにが下僕ですか！　一国の皇帝が！」

説明するまでもなく、小言の主は泰然だ。ここまで我慢してきたけど、ついに黙っていられなくなって口を挟んだらしい。

飛龍は尚《なお》も長イスの上で私の前足をふにふにしながら、平然と肩を竦《すく》めた。

「なんだ、泰然。まだいたのか」

「いますよ、我が君がその書類の山を片付けない限り！　ていうか、いつまで怠《なま》けるつもりですか！」

「仕方ないだろう。人間は等しく猫に落ち、猫の下僕となるものだ」

「なってたまるか！　いや、お猫様が可愛いのは認めますけど。傾国の美妃ならぬ傾国の美猫なんて勘弁なさいよ、ほんとにもう！」

頭を抱える泰然をよそに、飛龍は「スイのためなら国も傾くよな。仕方ないよなあ」と、ふにふにと嬉しそうにマッサージを続ける。

私も国を傾けるのはよくないと思うよ？　皇帝なんだし。賢王だし。あ、けど。耳回りのマッサージは、もう少し続けていただきたく……

そんなことを考えていると、ふと、泰然が短く嘆息し、窓の外に視線を流した。

「政務に身が入らないのも仕方がありません。もうすぐ月詠《げつえい》の夜ですからね」

その途端、飛龍の瞳にフッと影が差した。

「もう、そんな時期になるか」

「お戯《たわむ》れを。貴方がその日を、忘れるわけがない」

図星だったのか飛龍は答えない。ぼんやりとした表情で、私の頭をなんとなしに撫《な》でている。

また、この目だ。儚《はかな》く危《あや》うげな、昏《くら》い昏《くら》い眼差《まなざ》し。放っておいたら、このままどこか遠くへ消えてしまいそうで、不安に胸がかきむしられる。

見ていられなくて、私は鳴きながら飛龍の手に頭をこすりつけた。

『飛龍。おーい』

すりすり。すりすり。

飛龍の大きな手に頭をこすり続けていると、彼は瞬《まばた》きして、その瞳から仄暗《ほのぐら》さが消えた。一転、目を輝かせると、幸せそうに私を抱っこして頬ずりをし始める。

「ああ、スイ！　可愛いなあ、お前は」

「よかったですね。お猫様も、『頑張って、陛下。大好き』って応援してますよ」

言ってない。言ってないし、飛龍は近い。近いってば。

「……スイが言うなら、俺も本腰を入れなくてはならないな」

柔らかく微笑《ほほえ》んだ飛龍は、もう一度私の頭を撫《な》でてから、柔らかなクッションの上に下ろした。ちょこんと見上げると、名残惜《なごりお》しそうに苦笑する。

「寂しそうな顔をするな。ひと仕事終えたら、存分に相手をしてやるから」

うーん。なぜか、私が構ってほしがっている感じになったのは釈然《しゃくぜん》としないけれど、とりあえず飛龍がもとに戻ったならよかった。

ホッとしつつ、私はクッションの上で丸くなる。

――真剣に書類に目を通す、微《かす》かに憂《うれ》いを帯《お》びた、飛龍の横顔を見ながら思う。

あんなに調子を崩したのは、番犬ズと初めて運動した、あの日だけだ。

けれども、ふとした瞬間。夜の帳《とばり》が下りた頃や、書物から目を離して遠くを見つめた折。まるで瘡蓋《かさぶた》がはがれかけるように、隠れていた仄暗《ほのぐら》さが顔を覗《のぞ》かせる。

そういうときの飛龍は、少しぼおっとしている。私が鳴くとすぐに戻ってくるものの、あの瞬間のヒヤッとする感じは、何度経験しても慣れない。

彼に、何があったんだろう。

私が飛龍と親しくしていたのは、彼が珀虎国に滞在していたときだ。だから、皇帝になってからや、そこに至るまでの彼のことはよく知らない。

そもそも、飛龍の「唯一の妃」でもなく、それどころか彼に殺された私が、こんなふうに飛龍のことを気にかけてやる義理もないわけで。

……本当にない、わけで。

ムカッとしつつ、飛龍の手にぺしぺしと猫パンチを繰り出す。彼は驚いたように目を丸くしたが、どこか嬉しそうな顔をした。

「いてて。どうした、スイ。今日は元気だな」

「珍しい。お猫様、本格的に陛下に構ってほしそうですね」

「スイが俺に甘えてるだと……？　そんなの、抗う理由がなくないか……？」

恐ろしい子と、飛龍が戦慄《せんりつ》しながら口を覆う。

ふん。別に飛龍が病《や》もうが、仕事のしすぎで倒れようが、私には関係ない。

だけど、一応今の私は、飛龍の飼い猫だ。心地よい寝床《ねどこ》とご飯のお礼として、ほんのちょっとだけ心配してあげた。それだけなんだから。

誰に説明するでもなく、私はひとり、頭の中で言い訳を並べる。

その横で、泰然がポンと手を打った。

「我が君、抗う必要はないかもしれません」

「お前、いつも俺に、スイと遊んでばかりじゃダメだ、仕事をしろと、小姑《こじゅうと》のように言うくせに」

「言いますよ。大勢の民のため、陛下には仕事をしていただく必要がありますから。けど、我慢ばかりもよくないという話です」

「はあ？」

意味がわからないというように、飛龍が首を傾《かし》げる。もちろん、私もだ。

きょとんとする私たちに、泰然はにこりと手を振った。

「気分転換に、適度な運動はうってつけ。しかも身近なところに、よき師がいるではありませんか」


……と、いうわけで、はい。

「今日はスイだけではなく、余も世話になりに来た。姜将軍、江浩宇。今日一日、よろしく頼む」

顔を引《ひ》き攣《つ》らせる姜将軍と浩宇に、飛龍が律義に頭を下げる。

後ろで、番犬ズが「なんで御上《おかみ》まで来てますのん？」とチラチラと私を見てくるが、私だって、この展開は予想していなかった。

「今日は一緒に、いい汗を流そうな」

トレーニング用の動きやすい服に着替えた飛龍が、やたらといい笑顔で私に笑いかける。目が少年のようにキラッキラしていて、執務室で仕事をしているときよりも、よっぽど元気そうだ。

再び番犬ズが「なんやこれ、どういう状況ですのん？」と私を見た。

知らん！　泰然に聞いて！

＊　　＊　　＊

初めはどうなることかと思った番犬ズとのトレーニングだけど、始まってしまえばいつも通りだった。

『はあ〜っ。びっくりした……』

運動場の隅で飛龍が準備運動しているのを視界の端に捉えつつ、私は溜息《ためいき》を吐《つ》く。

一緒に運動といっても、飛龍が番犬ズの訓練に加わるわけではなかった。私の訓練の様子を見守りつつ、姜将軍と軽く手を合わせるらしい。

一緒にグラウンドを並走する番犬ズが私に賛同して首を振り合う。

『ほんまやで。急に御上《おかみ》が来るから、何が始まるか思ったわ』

『なんにせよ、身体を動かすっちゅうんは、いいことや』

『御上《おかみ》の奴、よっぽど姐《ねえ》さんと一緒にいたいんやな』

初訓練以降、番犬ズは私に一目置くようになったらしく、「姐《ねえ》さん」だの「姉御」だのと呼んでくる。幼い頃は、お爺様《じいさま》の弟子に交じって剣を振り回していた私だけど、自称・舎弟ができたのは初めてだ。

『その、姐《ねえ》さんって呼び方は止《や》めない？』

『なんでや』

『姐《ねえ》さんは姐《ねえ》さんや』

『わてらを従えたお方や。姐《ねえ》さんと呼ぶに、不足はないやろがい』

『わかった、わかった。好きに呼んで』

鼻息荒く熱く語る番犬ズに、私は早々に呼び名を変えてもらうのを諦める。

浩宇の掛け声に合わせてフォーメーションを組み替えつつ、再び飛龍を盗み見た。

私を抱っこしているときの感触や、寝間着姿のときに見える部分から薄々気づいてはいたが、飛龍の身体はしっかり締まっている。いわゆる細マッチョと言うヤツだ。

……もしかして飛龍は、こっちに戻ってきてからも、武術を続けていたのかな。

珀虎国にいた間、飛龍も私と一緒に、お爺様《じいさま》に特訓をしてもらっていた。とはいえ、龍華国では剣も握ったことがなかったようで、初めは全然ダメダメだったのだ。

だけど、飛龍にも意地があったんだろう。お爺様《じいさま》の愛のしごきに、必死に喰らい付く。たった二年しか珀虎国にいなかったのに、最終的には、私と互角くらいになっていた。

当時からかなり成長した飛龍の身のこなしは昔と変わらず軽やかだ。

それに、最初の衝撃が過ぎると、姜将軍も肩の力が抜けた様子で、楽しげに飛龍に声をかけている。

龍華国に戻った後も、飛龍は姜将軍に稽古をつけてもらうなどをして、武術の腕を磨き続けてきたのかもしれない。なんとなく、そんな気がした。

「おーけー、番犬ズにお猫様！　少し休憩しよう」

浩宇の呼びかけに、私たちはお行儀よく元の場所に戻る。

訓練の合間に飲む水は、なんでこんなに美味《おい》しいんだろう！　夢中になって水を舐《な》めていると、準備運動を終えた飛龍が、感心したようにやってきた。

「なるほどな。余のスイが世界一可愛くて賢いのは自明の理だが、番犬ズも大したものだ。陣形を変えるタイミングといい、一緒に走る速度といい、スイとの息もぴったりだ」

「そうですやろ。この息の合い具合、私と浩宇が、ついお猫様に夢を見てしまったのも頷《うなず》けますやろ」

「ああ。余のスイを、軍属にしたいなどと言い出すのもな」

「も、申し訳ございません……。あの日は、お猫様の素晴らしさに浮かれて、気がおかしくなっていたんです……」

小さくなる浩宇に、飛龍が朗《ほが》らかに笑う。

まあ、たしかに。飛龍がピカイチにおかしかったから曖昧《あいまい》になっているものの、浩宇と姜将軍も大概に正気を失っていた。それくらい私が、番犬ズと完璧《かんぺき》なフォーメーションを披露したから、仕方ないけどね。

あの日が嘘だったみたいに平和に笑い合ってから、飛龍と姜将軍がおもむろに木刀に手を伸ばした。

「では、我々も始めましょうや」

「スイにはよいところを見せたいからな。今日は本気で挑ませてもらおう」

浩宇に促《うなが》されて、私と番犬ズは運動場の隅に寄る。代わりに姜将軍と飛龍が、かなりの距離をあけて向き合った。

「先に謝っときますが、お相手が陛下といえど、手を抜いたりはできませんよ」

「望むところだ。全力でかかってこい」

そうやって、ふたりの本気の模擬戦が始まった。

……なんていうか、すごい。

お爺様《じいさま》の心の友と書いてライバルだった姜将軍が、強いのは当たり前だ。だけど、飛龍も負けていない。それどころか、普段イスに座って書類仕事に埋もれているひととは思えないくらい、しなやかに身体を使えている。

飛龍の藍色《あいいろ》の装束が舞い、汗がきらきらと光を浴びて飛び散る。そんな光景が眩《まばゆ》く映し出されたかと思えば、次の瞬間、目にもとまらぬ速さで木刀が繰り出される。

――その姿は、飛龍がいた二年間に一度だけ開催された、お爺様《じいさま》の門下生による武芸大会を思い出させた。

あれは、飛龍が龍華国に戻る直前だった。母国に帰ることになった弟子――飛龍に最後の腕試しの機会を与えるため、お爺様《じいさま》が開催したんだ。

ちなみに、なぜか優勝者への景品が「翠花からのほっぺにキス」だったので、私は出場できなかった。今思えば、あれは飛龍を焚《た》きつけるために、お爺様《じいさま》の悪ノリで決まった景品だったのだろう。事実、飛龍は「絶対に負けられないじゃないか……！」と模擬刀を握り締めてフルフルしていた。

その気迫のおかげか、飛龍はものすごい速さで勝ち進む。

繰り返しになるけれど、珀虎国に来てすぐの飛龍は剣なんか握ったこともなく、身体だって細くて頼りなかった。

それが、どうだろう。自分よりよほど長くお爺様《じいさま》の下にいる兄弟子たちと堂々と渡り合い、次々に勝利を収めていく。

兄弟子たちも純粋に目を丸くし、称賛を送っていた。私は言わずもがなだ。母様に窘《たしな》められながら、何度も悲鳴のような歓声をあげた。

その決勝戦。飛龍は厄介な相手とぶつかる。

相手はお爺様《じいさま》の部下の息子で、門下生の中ではガキ大将のような存在だった。身体も大きく、力も強い。ことあるごとに私に絡んでくる嫌な奴だったし、飛龍にもなぜかいつも喧嘩腰で、お爺様《じいさま》にしょっちゅう拳骨をくらっていた。

そんなガキ大将にとって、お爺様《じいさま》の拳骨の心配なく、飛龍に思いっきり刀をぶち込める機会は願ったりかなったりだったようだ。その子は全力で、飛龍を倒しにきた。

気に食わない奴だし、あいつには私も嫌な思いをたくさんさせられた。だけど、その子の腕っぷしの強さは、門下生の誰もが知るところだ。

他の弟子よりひと回り大きな木刀を振り回すガキ大将に、私は飛龍がボコボコにされてしまうんじゃないかと、思わず手で目を覆いたくなった。

なのに、飛龍は皆の予想を、容易《たやす》くひっくり返した。

易々《やすやす》と攻撃を躱《かわ》した飛龍は、身体のしなやかさを活かして、逆にガキ大将の懐《ふところ》に飛び込んだ。

頭に一撃をもらってガキ大将が倒れ、私も、ほかの門下生たちも、誰もが席を飛び出して飛龍のもとに駆け付けた。

〝すごい！　すごかったわ、飛龍！〟

〝うわ！〟

私が飛びつくと、飛龍はびっくりしながらも受け止めてくれる。

飛龍は本当に強かった。二年前には剣の持ち方もおぼつかなかった男の子とは思えない、見事な太刀筋《たちすじ》だった。兄弟子たちも次々と彼を称える中、けれども飛龍は、大真面目な顔で自分の頬を指差す。

〝はい、スイ。ここにお願い〟

〝へ？〟

〝優勝の証《あかし》！　勝者には、翠花からほっぺにキスが与えられる、でしょ？〟

〝えええぇ⁉〟

この瞬間までお爺様《じいさま》の冗談だと思っていた私は、仰天して悲鳴をあげた。なのに飛龍はちっとも引くつもりはないようで、むしろぐいぐいと迫ってくる。

〝ほら、早く〟

〝……本当にしなくちゃダメ？〟

〝当たり前でしょ。そのために、死に物ぐるいで兄弟子たちを倒したんだもの〟

〝でもでも、みんな見ているし……〟

〝それが大事なの。僕が龍華国に帰っても、翠花は僕のものって知ってもらわなくちゃ。――一番見せたい相手は、そこで寝ちゃっているけど〟

そう言いながら、なぜか飛龍は、いまだ大の字で伸びているガキ大将を睨《にら》んだ。

〝ね。だからスイ、はやくキスして〟

〝う、うう……〟

〝悲しいな。僕はスイにたくさん口付けをしたいのに、スイは僕にしてくれない。もしかして僕の好きとスイの好きは、違う種類のものなのかな〟

〝ち、ちがくないもん！〟

瞳に憂《うれ》いを浮かべて溜息《ためいき》を吐《つ》く飛龍に、私は覚悟を決めた。一生懸命背伸びをして、飛龍の白い頬に唇をぶつける。

ぶつけた、というのが、これ以上ないくらい正しい表現だ。あれは口付けなんて呼べるものじゃなかった。それでも、心臓は飛び出してしまいそうなくらい苦しかったし、飛龍は目を丸くしていた。

彼はきょとんとしてから、蕾《つぼみ》が花開くみたいにふわりと笑みを浮かべる。

〝嬉しい。初めて、スイから口付けをもらった〟

〝あまり見ないで。今、すごく恥ずかしい……〟

〝ダメ。もっと顔を見せて。龍華国に戻っても、寂しくならないように〟

あくまで景品だったはずなのに、その後、飛龍は「僕からもお返し」と、二回も私の頬に口付けた。満足そうな飛龍と、ゆでだこのように真っ赤になった私。そんな私たちを、兄弟子たちが囃《はや》し立《た》てて恥ずかしかったっけ――


「そこまで！」

浩宇の声に、私はハッと我に返った。慌てて視線を戻すと、飛龍が地面に落ちた木刀を拾って、軽く砂を払っている。

勝ったのは姜将軍のようだ。だけど、勝負を終えたふたりの表情は晴れやかだ。

「さすがは、我が国が誇る姜大将軍だ。先ほどの戦い、学ばせてもらったぞ」

「何を仰《おっしゃ》いますやら。陛下こそ、さすがはわが友、炎将軍が見込んだ男や」

怪我は……していなそうだ。むしろ、いい汗をかいて、清々《すがすが》しい顔をしている。

私が駆け寄ると、額《ひたい》の汗を拭《ぬぐ》っていた飛龍は、爽《さわ》やかな笑みを浮かべた。

「見てくれたか、スイ。俺も、なかなかの腕だっただろう」

ごめんね。うっかり昔を思い出していたから、あまりちゃんと見られなかったよ。

だけど、飛龍が真剣勝負の中で自分を出し切ったのはわかった。だって、今の顔は、武芸大会で優勝したときと同じ表情を浮かべているから。

感慨にふける私を、飛龍は嬉しそうに抱きあげる。

「おいで、スイ。頑張った俺を褒めておくれ」

『勝ったのは将軍でしょ？　どうしてそんなに得意そうなのよ』

「力を尽くした者には、そうだな。スイ、ここに口付けをしてくれ」

無邪気に頬を指差す飛龍に、一瞬、昔の姿が重なって見えて、私は息を吞む。つい動揺してしまったのを認めたくなくて、慌ててそっぽを向いた。

だ、誰がするもんか。勝者でもない。しかも、私を裏切り殺した相手に、ご褒美の口付けなんて。

いや、だけど。ある意味で悪くないかもしれない。

だって飛龍は、私の正体が琳翠花だって知らないんだ。とうの昔に殺した相手と知らずに、褒美の口付けを喜ぶなんて。これ以上ないくらい皮肉な巡り合わせだ。

私は嫌がらせのつもりで、精一杯、身体を伸ばして飛龍の頬を舐《な》めてやった。飛龍が喜べば喜ぶほど、私の目には滑稽《こっけい》に映るだろう。

さあ、せいぜいはしゃぎなさいよ、やーい！

――なのに。意地悪く見上げる私の予想に反して、飛龍ははしゃがなかった。

腹立たしいくらいに整った顔が、一瞬、どうしようもなく無防備になり、藍色《あいいろ》の瞳がここではないどこかを眺めるみたいにぼうっとする。

ややあって、彼はどこか寂しくて、それでいて優しい笑みを浮かべた。

「……俺も、大分強くなった。今の俺を見たら、スイはなんて言ってくれるかな」

それが、猫《スイ》に向けた言葉じゃないことは、さすがの私でも気づいてしまう。

意味がわからない。

貴方が何を考えているのか理解できない。

だけど、こんな些細《ささい》な一言で乱されてしまうくらいには、自覚している。

ああ。いやだな。私まだ、飛龍が好きなんだ。


『なんで私、こんなに馬鹿なんだろ』

自分にほとほと嫌気がさして、私は深く溜息《ためいき》を吐《つ》いた。

目の前には、普段より少しだけ幼く見える、飛龍の寝顔がある。

ときは過ぎ、王宮はシンと寝静まっていた。私だけが、どうにも寝付けなくて、なんとなしに飛龍の枕元で時間を潰《つぶ》している。まったく、つくづく不本意だ。

飛龍は私を選ばなかった。冷遇し、突き放し、挙句は腹心の術師に命じて私の命を奪うに至った。

なのに、どうして彼が暗い表情をしていると、私まで胸がざわつくんだろう。どうして、この期《ご》に及んで、苦しんでほしくないいなんて思うんだろう。

〝おいで、スイ。膝に乗せてやろう〟

〝気に入ったか？　よかった。たんとお食べ〟

〝眠そうだな。ふふ。ゆっくり休め〟

猫として飛龍に拾われてからの日々が、次々に瞼《まぶた》に浮かんでは消える。

……まさか本当に、私は絆《ほだ》されてしまったんだろうか。私を翠花と知らず、スイとして溺愛《できあい》する飛龍なんかに。

それとも再会した夜に、「初恋だった」なんて言われたから？　そう告げた彼が、あまりに寂しそうだったから？

だとしたら最悪だ。たとえ私が初恋だったとしても、今の飛龍の心は、ただひとりの妃のもの。私がいるのは美しい思い出の中だけで、彼はとっくに、新しい世界に生きている。

それなのに、たったひと言で、勝手に報《むく》われたような気になるなんて。

……ただ、少しだけ引っかかっていることがあった。

私がスイとして龍玉殿に住み始めてからそこそこ経つ。だけどもその間、飛龍は一度も翠玉宮に泊まっていない。毎日、私の隣、龍玉殿で眠っている。

以前も飛龍が桜綾のもとを訪れるのは昼間だけだった。だけどそれは、寵妃《ちょうひ》である桜綾よりも高い位にある、私のことを気にしていたからだ。

後宮は皇帝の庭だし、本来、皇帝がどの妃を選ぶかは自由だ。だけど私の場合、珀虎国の王族という肩書きがあった。わざわざ隣国から輿入《こしい》れさせといて、一度も夜の渡りをしないまま他の妃に手を付けたとあっては外聞《がいぶん》が悪い。飛龍は即位したての若い皇帝だったし、珀虎国との関係を気にしたに違いない。

一方、今や後宮の花は、桜綾と思われる現・翠妃のひとりだけ。飛龍はいつでも自由に、愛する妃に通う権利を得たわけだ。

なのに、どうしてそれをしないんだろう。どうして、昔と変わらず、昼間の僅《わず》かな時間しか寵妃《ちょうひ》のもとに通わないんだろう。

いっそのこと見せつけてくれたら――飛龍と桜綾の間に、誰にも割って入れない愛が育《はぐく》まれていることをまざまざと見せつけられたら。

私のこの虚《むな》しい想いにも、ケリを付けられるのに――

『あー、もう！　わかんないことばっかり！』

「………う、ん」

八つ当たりに頭に軽く猫パンチをすると、飛龍が呻《うめ》いて眉根を寄せた。

いっけない、強く殴りすぎた。

案の定、長いまつ毛が揺れて、飛龍の切れ長の目が気だるげに開く。深い青みがかった瞳が私を映した途端、彼は眠そうながらも目を瞠《みは》った。

「……スイ？　眠れ……ないのか？」

『いや、あの』

「寂しかったのか？」

甘く微笑《ほほえ》み、その手が伸びる。相変わらず、解釈の都合がよすぎる。呆《あき》れている間に、飛龍の温かな手が促《うなが》すように私の頭に触れた。

「おいで。一緒に眠ろう」

……ああ。嫌だなあ。

私の叶わなかった願いが。引き裂かれたはずの初恋が。

歪《ゆが》んだ形で叶えられていく。

翠花《わたし》も、飛龍に優しく触れられたかった。甘く呼ばれ、寄り添って体温を分け合いながら、幸せな夢の中に溶けていきたかった。

気に食わないなら、振りほどいてしまえばいい。気まぐれなお猫様らしくツンとそっぽを向いて、さっさと自分の寝床《ねどこ》に帰ってしまえばいい。

なのに今は、それをしたくなかった。

「今日は素直だな。甘えたくなったのか？」

『………』

「ふふ、いいさ。……温かいな、お前は」

私の背中に顔を埋めて、飛龍が呟《つぶや》く。

堪能《たんのう》するように――飛龍自身が救われたように、彼は深く幸せそうな吐息を零《こぼ》す。

やがて彼はぽんぽんと、大きな手で私を撫《な》でた。

「お休み、スイ。いい夢を」

自分よりゆっくりした鼓動に包まれて、いつしか私は眠ってしまった。

*　　*　　*

翌日、私は翠玉宮にいた。

理由は言うまでもない。もちろん、現翠妃たる桜綾に会うためだ。

『ついにカチコミですね、姐《ねえ》さん！』

『腕がなりますなあ、姐《ねえ》さん！』

『ケツはわてらが持ちますさかい、姉御は思う存分暴れてください！』

「「わんわん、わわん！」」

『……待って。どうして、みんなついてきてるの？』

生垣の陰、女官たちに見つからないように潜《ひそ》む私の後ろ。そこに、当たり前みたいな顔して仲良く並ぶ番犬ズに、首を傾《かし》げる。

すると番犬ズは、目をキラキラとさせて嬉しそうに舌を出す。

『せやかて姐《ねえ》さん、ついに翠妃様と直接対決する気になったんやろ？』

『姐《ねえ》さんと翠妃、どっちが御上《おかみ》の嫁か、白黒はっきりつけなあかんもんなあ！』

『姉御の一の舎弟として、わてらも参戦するさかいな！』

『いや、私は君たちの姉御じゃないし、そもそもカチコミなんかしないからね！』

闘志たっぷりな番犬ズに、私は毛を逆立てた。

いつでも号令をかけてくださいっ、準備はできてますぜ。

そう目で訴えかけてくる番犬ズを、私は必死に宥《なだ》める。

『私はただ、翠妃様に会いたいだけ。会って、確かめたいだけだから』

『確かめるって、何をや？』

『……翠妃様が間違いなく皇帝の唯一の妃だってこと』

覚悟をしてここに来たはずなのに、どうしても声が小さくなってしまう。だから私は、自分に言い聞かせるように、胸の中で何度もその言葉を反芻《はんすう》した。

桜綾に会おう。そう決意したのは、今朝のこと。

目が覚めたとき、私が昨夜と変わらず腕の中にいることに気づいた飛龍は、それはそれは喜んだ。ついにスイが一緒に寝てくれたと、朝の準備に訪れた泰然に自慢をしたくらいだ。

無邪気に喜ぶ飛龍を見て、私は悪い気がしなかった。

だから、翠玉宮に行こうと思ったのだ。

行って。現実を見なければと。

昔、私の胸をかき乱した桜綾が、今も変わらず幸せそうに翠玉宮にいる。その事実を自分に突きつけて、この儚《はかな》くも不毛な夢を終わらせようと考えたのだ。

ちなみに番犬ズがいるのは、私が翠玉宮に忍び込める抜け穴の場所を聞いたから。

たまに後宮の見回りをする彼らなら猫一匹入り込める抜け穴を知っているかと思って尋ねたところ、こうしてついてきてしまった。

……ちょっと想定外ではあったけど、番犬ズが一緒でよかったかもしれない。

おかげで、翠玉宮に到着した途端怯《ひる》みそうになった私は、後に引けなくなっている。

『番犬ズのみんなから見て、翠妃様ってどんなひとなの？』

心の準備がてら、私は生垣に隠れたまま、三匹に尋ねる。

けれども、タロ・ジロの二匹が顔を見合わせた。

『そない言われましてもなあ』

『俺ら、翠妃様のこと、見たことないんや』

『え？』

びっくりして、私はピンと耳を立てて振り返る。

だって、番犬ズは女兵士に連れられて後宮を見回ることもあるし、式典や行事のときにはその警護に当たりもする。皇帝の唯一の妃である翠妃――つまり桜綾が、そこに顔を出さないはずがないのに。

『いや。翠妃様は行事には姿を見せへんで』

『言われてみれば、身体でも悪いんかな』

首を傾《かし》げるタロとジロに、ますます私は混乱する。

私の知る桜綾は、行事を意味なく欠席する娘ではなかった。あれから六年も経っているのだし、何か大病でも患《わずら》ってしまったのだろうか。飛龍が元気をなくしているのも、寵妃《ちょうひ》の体調が優れないせい？

『ああ、けど。親父はずっと前に、翠妃様を見たことがあるんだったよな』

『ほんと⁉』

身を乗り出した私に、ゲンゾウが懐かしむみたいに空を見上げた。

『あれはまだ、わてがヨチヨチ歩きの子犬だった頃や……』

あれ。なんか始まったね。まあ、いいやと続きを待っていると、ゲンゾウはアーモンドみたいな目を翠玉宮の中枢――翠妃の居室に続くと思われる格子窓に向ける。

『わてはうっかり翠玉宮に迷い込んでなあ。知らん匂いはするわ、出口はわからんわ。クンクン鳴いとった。そんなときやった。翠妃様が窓を開けて、わてを招き入れてくれたんは』

その言葉に、だんだんと私の記憶の扉が開く。――これは、桜綾の話じゃない。この話の翠妃は、私だ。

『翠妃様はなあ。それはそれは、綺麗なひとやった。髪は絹みたいに細くて滑らかで、この世のもんとは思えん、澄んだ翡翠《ひすい》色の目をしとった。けど、なぜか寂しそうでなあ。まるで雪の妖精みたいやって、わては思ったんや』

そうだった。あの日は、飛龍が再び紅玉宮に渡ったという報《しら》せが入って、私はやるせない気持ちで部屋に閉じこもっていた。そんなとき、迷子の子犬が震えているのを見つけて、しばらく保護したんだった。

『大丈夫、大丈夫ってなあ。わての背中を撫《な》でる手がまた優しくて。御上《おかみ》はあんひとの、ああいう優しさに惚《ほ》れたんやと、わては思うんや』

『……そっか』

曖昧《あいまい》に笑って、私は話を切り上げる。

ゲンゾウは勘違いをしている。ゲンゾウが出会った翠妃と、今の翠妃は別人だ。

それでも、少しだけ嬉しかった。

皇帝が愛を貫《つらぬ》く、ただひとりの妃。飛龍を讃《たた》える甘美な謳《うた》い文句の裏で消された妃、それが私、琳翠花だ。

皇帝の完璧《かんぺき》な神話を崩さないため、きっと翠花《わたし》を示す痕跡は、この後宮のどこにも残っていないだろう。

なのに思わぬ形で、私を知ってくれている相手がいた。損得も政治も関係なく、ただ事実として、覚えてくれている。

ようやく「君はここにいたんだよ」と認めてもらえたみたいで。不覚にも、私はうるっとくる。

『……ありがとね、ゲンゾウ』

『ん？　何がや？』

『ううん。こっちの話！　私、そろそろ翠妃様に会ってくるね。みんな、外で見張りをお願いできる？』

わざと明るく尋ねると、番犬ズは嬉しそうに尻尾《しっぽ》を振った。

『もちろんや！』

『姐《ねえ》さん、気張ってくんやで！』

『思い出は関係ないっ。今、御上《おかみ》が姉御をどう思ってるかがすべてや。翠妃様が姉御にナマ言うようやったら、すぐにわてらも駆けつけるで！』

『だから、カチコミはかけないってば！』

くれぐれも、外で待っていてね。そう何度も念を押してから、私はようやく翠妃の居室下の窓に恐る恐る近寄った。幸い、近くに女官たちの気配はない。

今や皇帝のお猫様として有名になった私がふらふらと一匹で翠玉宮を歩き回っているのが見つかったら、ちょっとした騒ぎになるだろう。

できれば翠妃様には、私のタイミングでお目通りしたい。そう考えると、女官たちが出払ったこのタイミングは、非常にありがたかった。

翠妃様――。かつては紅妃の位にあった飛龍の妃、李《り》桜綾。

私の記憶の中にいる桜綾は、いつも笑顔だ。

髪は漆《うるし》のような艶《つや》やかな黒で、肌は陶器のように白い。その名の通り、春に咲く桜のように可憐《かれん》な妃。それが紅妃・桜綾だった。

その姿は、まるで私と違う。唇は誰からも好かれる朗《ほが》らかな笑みを湛《たた》えていて、瞳は皇帝に愛されている自信からキラキラと輝いていた。飛龍に目を向けてもらえない惨《みじ》めさで小さくなっていた私とは雲泥《うんでい》の差だ。

彼女が今も、かつてと同じ姿なら――飛龍を愛し、愛され、春の風のような暖かい幸せを纏《まと》って微笑《ほほえ》んでいるのなら。

私はきっと、諦められる。やっぱり飛龍の唯一のひとは桜綾で、私はもはやリベンジができるわけもないただの子猫だと、自分を笑うことができる。

亡者の恋に安らかな死を。

潰《つい》えぬ願いに救済を。

そして私は、本当の意味で過去を捨てよう。琳翠花としてではない。真っ白な身体に明るい緑色の瞳をした、一匹のただの猫《スイ》として。

タンッと勢いよく、私は縁側に飛び乗った。

生前にここでよく過ごしたからだろうか。木の床に肉球が触れた途端、かつての記憶がまざまざと蘇《よみがえ》ってきた。

胸を躍らせて、初めて翠玉宮に入った日のことも。

仲の良い女官と茶菓子を楽しみながら、皇帝の渡りをそわそわと待ったことも。

月を眺めつつ、恋文にしたためる詩を練《ね》った夜のことも。

春も、夏も、秋も、冬も。こないあのひとを待ち侘《まわ》びて、いつしか涙が涸《か》れたことも。

あれも、これも。まるで昨日のように思い出せる。

今だからわかる。あの頃は幼かった。

今だから納得できる。あのときは、ここが世界のすべてだった。

あんなに悲観することはなかった。あんなに苦しむ必要もなかった。

だけど、私にはここしかなかった。だからきっと、私は自分に呪いをかけた。

そして未だに、その呪いに囚われている。

『……さようなら。私の初恋』

ぽつりと呟《つぶや》き、私は覚悟を決めた。

この中に、桜綾がいる。この中に、皇帝の唯一の妃がいる。

その姿を、この目に、胸に、焼き付けるんだ。

木目の格子の意匠が美しい窓をキッと見上げると、私は満を持《じ》して押し開けようとした――

の、だが。

『ぐ、ぐぎぎぎぎ……っ』

開かない。え、待って。開かない。

ここまできて、私は自分の盛大な見落としに気づいた。

翠玉宮の窓は、内から外に開く造り。つまり、私が外からどれだけ頑張って押したって、ピクリとも動くわけがないのである。

『姐《ねえ》さん！　負けたらあきまへんで！』

『どないする、姐《ねえ》さん！　俺らがバリバリに窓を破って道開きましょか⁉』

『ま、ままま、待って！　いま！　今、方法を考えてるから！』

尻尾《しっぽ》をぶんぶん振り回して完全にスタンバイ状態の番犬ズに、私は必死で首を横に振る。

いや、本当にどうしよう！　こんだけワンワンにゃあにゃあ騒いでいたら、いい加減、桜綾も私たちに気づくんじゃなかろうか。だとすると、内側から窓が開くのも時間の問題？　それはそれで、嫌すぎる！

『そ、そうだ！　あのつまみ部分に、紐を結べばいけるかも！』

苦《くる》し紛《まぎ》れに叫ぶものの、猫と犬が集まったところで、どうやってつまみに紐なんか結べるだろう……？

思わず虚無《きょむ》に陥《おちい》っていると、番犬ズが砂埃《すなぼこり》を上げてぐるぐると助走を始めた。

『よっしゃー！　いくで、姉御！』

「「わんわん、わわん！」」

『ま、待って！　まーーーっ！』

弾丸のように駆け出した番犬ズに私は盛大に悲鳴をあげ——次の瞬間、三匹が揃いも揃って急停止した。

『姐《ねえ》さん、あかん！　誰か来る！』

『風に混ざるこの匂い……御上《おかみ》や！』

『うそ⁉』

ヒュッと息を呑んで、私は素早く縁側から飛び下りると、そのまま生垣に飛び込む。

番犬ズも、それにならって生垣の中に次々隠れた。

御上《おかみ》。ゲンゾウたちがそう呼ぶのは、ほかでもない飛龍そのひとだけ。

普段なら、まだ執務室で泰然と書類仕事をしている時間のはずだけど、早めに仕事が片付いたとかで桜綾に会いに来たんだろうか。

『姐《ねえ》さん……』

『翠妃様がなんぼのもんじゃい！　御上《おかみ》が今、夢中なんは、誰がなんと言おうと姐《ねえ》さんや！』

『し、黙って！　あ、いや、落ち込んでないからね！　大丈夫、ありがとう！』

皇帝のお渡りシーンに遭遇して、私がショックを受けると思ったのだろう。タロとジロが一生懸命フォローしてくれる。けれど私はそれよりも、飛龍にこちらの存在がバレやしないかとヒヤヒヤした。

……でも、これ。タイミングとして悪くないんじゃないだろうか。

飛龍が来たなら、桜綾が迎えに出るだろう。ふたりが仲睦《なかむつ》まじく寄り添う姿を見れば、否応《いやおう》なく、ふたりの仲が健在であると認めざるを得ない。

ちくりと胸が痛むのを無視して、私は番犬ズに振り返った。

『飛龍と翠妃様が会うところが見たい。隠れたまま、入り口側に回ることはできる？』

『合点承知や！』

『なるほど、逢瀬《おうせ》の瞬間にカチコミかけるつもりやな！』

『わてらに任せときい！』

なんかまだ勘違いしているみたいだけど、うまく正面に回れるならなんでもいいや。

番犬ズに先導されて物陰を移動することすぐ、正面の渡り廊下を飛龍が歩いてくるのが目に入った。

朝に別れたときと同じ、飛龍はこの国の皇帝を示す色である、深い緑の衣を着ている。青みがかった白肌にその色はよく映《は》えて、まるで龍の化身のような気高さを彼に与えていた。

もうすぐ、飛龍が私たちの隠れる茂みの近くに到着する。中から翠妃が現れるのも、時間の問題だ——

けれどもそのとき、私は飛龍の後ろに控える人物に気づき、目が釘付けになった。

まず、飛龍の右後ろに控える人物。それは泰然だ。

それはいい。泰然は皇帝の身の回りの世話をする侍従の長で、皇帝に同行する際や、命じられたときに限り、後宮への出入りを許されている。

問題は、左後ろの人物。よほどの理由がなければ——それこそ、皇帝の特別の赦《ゆる》しでもない限り、後宮内に立ち入れないはずの立場の者。

〝どうぞ警戒なさるな、翠花様。それがしは、飛龍様より遣わされた術師にありますゆえ……〟

最後に翠玉宮で会ったときの光景が、まざまざと瞼《まぶた》の裏に蘇《よみがえ》る。
あの日も、口元に薄い笑みを浮かべていた。
あの日も、冷ややかな瞳をしていた。
女と見間違うほどに長い髪に、カラスのような黒い装束。
太暦寮所属の術師、陰暁明がそこにいた。

四章　枕もとの死神

あれはたしか、紅葉の宴のときだった。

〝はじめまして、翠妃様。それがし、陰暁明と申します〟

初めて会ったときから、薄寒いものを感じた。

整った容姿をしているはずなのに、薄い笑みと全身に纏《まと》う異様な雰囲気が、彼への好感を許してくれない。深淵《しんえん》というものに顔貌《かおかたち》がついたなら、きっとこういう姿になるのだろう。そう思わせる何かが、彼にはあった。

〝ときに、翠妃様。昨夜はよく眠れましたか。食事は喉《のど》を通りますか。頭痛。吐き気。胸の痛みに、脈拍の異常……。何か思い当たるものは？〟

〝い、いえ。特にそういったことは……〟

〝ええ、よろしい！　では、身体の不調に限らず、何か気になることはございますか？　あれば、それがしがお力になれるやもしれませぬぞ〟

底の見えない笑みを貼り付けたまま、暁明がずいと身を乗り出す。光のない瞳に私が怯《ひる》んでいると、側付きの女官が間に入ってくれた。

〝控えなさい！　翠花様は陛下のおわす龍玉殿に最も近しき宮、翠玉の妃にあらせられますよ！〟

私を庇《かば》う女官の声も震えていた。たしか私は、庇《かば》ってくれた彼女の肩にそっと触れたと思う。

陰暁明はじっと私たちを眺めていた。まるで、そうするのが当たり前みたいに。そうすることを、誰も咎《とが》める者がいないみたいに。

やがて彼は、にんまりと笑みを深くした。

〝失礼。翠妃様がご健勝とのこと、この暁明、心よりお喜び申し上げます――〟

陰暁明が去った後、私は女官たちから聞いた。

星を詠《よ》み、国の行く先を占い、暦を編纂《へんさん》することを役目とする太暦寮の官人らは、その反面、皇帝の命のみに動く神官でもある。

中には呪術に長《た》けた者もおり、その筆頭が暁明の生まれである陰家の筋。特に暁明は呪術に傾倒し、裏では妖術遣いと囁《ささや》かれているという。

〝あまり大きな声では言えませんが、暁明殿の登城が増えたのは飛龍陛下が即位してから。飛龍陛下は暁明殿の妖術をたいそう頼りにされているのだとか〟

〝まさか！〟

含みのある言い回しをする女官に、さすがに私も反発した。

この国をよくしたい。幼き日に無邪気に語った飛龍が、仄暗《ほのぐら》い噂《うわさ》のある術師に頼ると思えなかったのだ。

だけど女官たちは、恐縮しながらもこう言う。

〝光ある場所に、また影もある、ですわ。翠妃様も、ゆめゆめお忘れなきように〟

私はその言葉を、死の間際に思い出した。

紅葉の宴から数ヶ月が経ち、白い雪が空から舞い落ちていた。

病理に蝕《むしば》まれ、親しき者からは引き離され。力なく横たわる私を訪ねてきた暁明は、やっぱり薄ら寒い笑みを浮かべていた。

言われずともわかる。皇帝の侍従でもなく、ましてや皇族でもなく。そんな暁明が翠玉宮に立ち入れたのは、ほかでもない飛龍の赦《ゆる》しがあったから。

女官たちの言うように、暁明は正しく、皇帝の影だったのだ。

桜綾との密月に邪魔だったのか、私の背後にいる周大臣が忌々《いまいま》しかったのか。どちらにせよ、飛龍は私を不要と判断して、己《おのれ》の影に始末させた。

ただ、それだけのこと――

と、まあ。私と陰暁明をめぐる因縁は、ざっとこんな感じ。

何が言いたいかといえば、前世で自分の命を奪った相手がいきなり目の前に現れるというのは、かなり心臓に悪かった！

『はぁ……。びっくりした……』

飛龍の執務室にある長椅子の上で、私はぐったりと身体を伸ばす。

執務室には飛龍もいなければ泰然もいない。ふたりとも、まだ翠玉宮から戻ってきていないようだ。

飛龍の後ろにいるのが陰暁明だと気づいた、あの後。

私は文字通り、頭のてっぺんから尻尾《しっぽ》の先っちょまで震え上がり、一目散に翠玉宮から逃げ出した。慌てて追いかけてきた番犬ズと龍玉殿に戻ると、私たちを捜していた浩宇とばったり出くわす。

そして私は、「今日の見回り運動おしまい！」と抱っこされ、迎えにきた皇帝付き侍従のひとりに引き渡されて、今に至る。

……それにしても、飛龍はどうして、陰暁明を連れて翠玉宮に来たんだろう。

繰り返しになるけど、通常、後宮に男は入れない。皇帝とその侍従。もしくは皇帝が特別に許可した者でない限り、立ち入りは固く禁じられる。最悪、死罪もありえる重い罪だ。

もしかしたら占術や祈祷《きとう》の類《たぐい》だろうか？　だとしたら、太暦寮の官人である陰暁明が引っ張り出されるのも納得する。暁明に呪い殺された身としては、「ほかに誰かいなかったの？」と思考を疑いたくなる人選ではあるけど。

なんにせよ、陰暁明にはもう会いたくない。あのひとを見ると、意識が暗い闇に溶けていった最期《さいご》の瞬間が頭に蘇《よみがえ》って、背中の毛がむずむずしてしまう。

飛龍、まだ翠玉宮から戻ってこないな。まさか陰暁明も連れてこっちに来ないよね。来ないといいな。

そんなふうに長イスで微睡《まどろ》んでいた、そのとき。

執務室の扉が、勢いよく開いた！

「猫‼　ちゃん‼」

『ふぎゃ⁉』

息を吐く間も、瞬《まばた》きする間もなかった。真っ黒の影が部屋に飛び込んできたかと思えば、気がついたときには、私は何者かの大きな両手により高い高いをされている！

「たんぽぽの綿毛のような無垢《むく》でやわらかな毛並っ！　宝石をはめたようなぱっちりと美しい瞳っ！　流れるような曲線美に、ピンクの愛らしい肉球っ！　この子はなんて。なあぁぁあんて、美人さんなのでしょううっっっ‼」

『ぎゃあああああ！』

陰暁明だ‼　よりによって陰暁明が、うっとりと恍惚《こうこつ》に頰を染めて、私の猫ボディをメロメロに見上げている！

なんで！　どうして！　ていうか、キャラ違わない!?　そう私がパニクっていると、今度は飛龍が執務室に飛び込んできた。

「スイ！　大丈夫か！」

「あーあーあーあー。暁明殿。いきなり見知らぬ者が部屋に飛び込んで抱き上げたもんですから、お猫様が怖がってるではありませんか」

飛龍に続いて、泰然が呆《あき》れた顔で執務室に入ってくる。

助けて！　どっちでもいいから、このカラスみたいな真っ黒けっけの大男から私を救って！

私の心の悲鳴が聞こえたのだろうか。飛龍はつかつかと足早に近づいてくると、暁明の手から私を勢いよく取り返した。

「俺のスイを返せ！　……怖かったよな、スイ。ひとりにしてごめんな。あんな奴に触らせてごめんな。これからは、どこに行くにも一緒だからな」

「さりげなくできない約束しないでくださいよ。……え、いや、なんですかその目。どこに行くにも……とか無理ですからね？」

「ああ！　猫ちゃん！　それがしの猫ちゃん！　猫……ちゃん……！」

「貴方はいい加減落ち着きなさいよ、って、もう！　なんで、私の周りにはボケ倒すひとしかいないんです!?　深刻なツッコミ不足ですよ、我が国は！」

ついに泰然が頭を抱えて叫ぶ。頑張れ、泰然。負けるな、泰然。

ややあって、ようやく正気を取り戻した暁明が、ふうと息を吐いた。

「――失礼。噂《うわさ》に聞いていた以上に可愛らしいお猫様を前に、それがし、少々昂《たかぶ》りました」

「無理もないな。我が愛しのスイは、国宝級の愛らしさだからな」

「ちなみにそれがし、三度の飯より猫が好きな愛猫家《あいびょうか》でして。それがしの最期《さいご》は百匹の猫のもふ毛に呑まれて圧死がいいと、書にもしたためてございまする」

「最近、太暦寮に足を運ぶとやたらと猫の鳴き声がするのは、そういうわけだったんですね」

泰然が遠い目をする。

なるほど。暁明は太暦寮で勝手に猫を飼って愛《め》でているらしい。だとしたら、危なかった。もしも最初、飛龍に拾われていなかったら、女官たちは私を猫パラダイス化しつつある太暦寮に預けたかもしれない。

そうしたら今頃、私は暁明の愛猫《あいびょう》に……うぅ。想像しただけで、心臓に悪い。

――それにしても、こういう顔もするんだな。

人間がいかにして猫の奴隷となるかを嬉々《きき》として語る暁明を見て、私は意外に思う。

初めて会ったときから気味の悪い印象が抜けなかった暁明だけど、砕けて話す姿は少しばかり胡散臭《うさんくさ》いだけの、ただの官人だ。飛龍や泰然とも親しげだし、三人が友人と呼んでも差支《さしつか》えのない関係であることをうかがわせる。

少し混乱してきた。

私は、暁明について何か勘違いをしていたんじゃないだろうか。

たしかに最期《さいご》のとき、暁明は私の目の前にいた。とはいえ、既《すで》に私は身体を起こせないくらい衰弱していたし、彼が私の死と無関係の可能性もある。

黒い噂《うわさ》も女官たちから散々聞いたけど、暁明が翠玉宮に顔を出すまで、私はその話を半分も信じていなかったわけだし……。

そう考え込んでいると、ふと、暁明が私に視線を戻す。

途端、私は腹の底がぞくりと震えた。

私と視線を交じわらせた暁明が、まるで悪霊のように微笑《ほほえ》む。

「いやいや。しかし。我が君もよい拾いものをされる」

飛龍の腕に抱かれたまま、身体が小刻みに震え出す。

「スイを見るな、怖がっている」

苦言を呈す飛龍をものとはせず、暁明は私を見据《みす》えて、にっこりと笑みを深くした。

「その猫。かなり、興味深いですな」

間違いない。

私は、この男に殺されたんだ。

＊　　＊　　＊

何もかも見透《みす》かしたような瞳で、全身を射貫《いぬ》かれて早数日。

私はひどい寝不足になっていた。

「スイ。どうした？　元気がないな？」

心配する飛龍が、朝からぐるぐる私の周りを回っている。それに反応するのも面倒なくらい眠い。……眠い。

「お腹《なか》は空《す》かないか？　泰然に内緒で隠しておいた蒸し菓子があるんだ。柔らかくて甘くてうまいぞ。これでも食べてみないか？」

いや、眠いだけだし……お腹《なか》もあまり空《す》かないんだよね。なんか、内臓の辺りがズーンと重たい感じ。ていうか、目の前をウロウロするの、止《や》めてもらっていいかな。なんか目が回りそうだし、純粋にうるさいし。

ぷいとそっぽを向くと、飛龍がこの世の終わりのような顔をした。

「スイがお菓子に見向きもしない。ど、どうしよう。スイが病気になってしまった」

「心配しすぎですよ、我が君」

呆《あき》れた様子で、朝の支度を手伝いに泰然が入室してくる。半泣きになって見上げる飛龍に対し、泰然は私を一瞥《いちべつ》して肩を竦《すく》めた。

「ほら。お猫様、欠伸《あくび》をしてらっしゃいますし。単に眠くて、お腹《なか》が空《す》かないのでは？」

「で、でも！　昨日もずっと元気がなかったし、昨晩なんか食事を残したんだぞ！」

「念のため獣医師を手配いたしますから、我が君は自身のことに注力してください。午後には月詠の儀が控えてるのですから」

「しかし……」

月詠の儀。それを出されると、飛龍は弱いらしい。ぐぬぬと言葉に詰まった彼は、やがてしぶしぶと衝立《ついたて》の向こうに消えていった。

……そうだ。私は病気になったわけじゃない。

ただ、暁明のことが頭の中をチラついて、離れないだけだ。

陰暁明――。あの、小馬鹿にしているような、それでいて慈愛に満ちているような仄暗《ほのぐら》い笑みを見て、私は確信した。

前世の私、琳翠花の命を奪ったのは、間違いなく暁明だ。

しかも暁明は、今の私、猫のスイの中身が琳翠花であることを見抜いている。

なぜ、そう思ったか？　そんなのわからない！　勘としか説明しようがないのだ。

だけど、あの目。すべてを見通すような、愉悦に満ちた目。

あの瞳は、目一杯に嗤《わら》っていた。殺された者と、殺した者。そして、そうするように命じた者が一堂に集《つど》うあの場所を、あの状況を。その歪《いびつ》さのすべてを、暁明は愉《たの》しんでいた。

ここにきて、私は今までにない大きな壁にぶち当たる。もしかして私、今すぐに全速力で逃げたほうがいい……？

スイとして飛龍と初めて会った日の夜、飛龍も私に、「翠花が戻ってきたかと思った」みたいなことを言っていた。

だけど、それはあくまで瞳の色が似ていたからだ。

私も、飛龍が本当の意味で「スイ＝翠花」と見破るわけがないと、完全に高を括《くく》っていた。

それが、蓋《ふた》を開けてみればどうだろう。こともあろうか、暁明なんかにバレてしまった！

……ええっと。暁明が飛龍に真実を告げたら、私はどうなるんだろう。

今の飛龍は賢王と名高い、国民に大人気の皇帝だ。そんな彼にとって、妃の暗殺は間違いなく汚点。現在の翠妃——桜綾との純愛が美談として有名になっている以上、琳翠花の存在は、私の生前以上にお邪魔虫になっているはず。

そんなとき、琳翠花が猫として目の前に現れたら？

どうせ猫だし、と見逃してくれる？　それとも、過去を秘匿《ひとく》するために監禁？　いやいや。ここは前世と同じく、秘密裏に消されるコース……？

暁明に呪い殺されるところまで想像して、私は「やだあああ」と悲鳴をあげながら、クッションの周りをぐるぐる走り回った。

『やだやだ、やぁだあああーーー！　死にたくなあああいいいーーー！』

「泰然！　スイの様子がやっぱり変だ！」

「な、なんでしょう、これは。ご乱心……？」

「分析してる場合か！　俺はこっちから回り込むから、お前はそっちを塞《ふさ》げ！」

飛龍が慌てて衝立《ついたて》の向こうから戻ってくるけど、そんなの知ったこっちゃない。

私は怖いんじゃ。せっかく生まれ変わったのに、また同じ相手に同じ方法で殺されるとか、死にたくないのに死ぬほど嫌すぎる！

『ふぎゃあああ！』

「スイ‼」

目の前の障壁――後でよく見たら、手を広げた泰然だった――を避けようとしたそのとき、ふわりと懐かしい、例の甘い香りに身体を包まれる。

また、この香りだ。懐かしくて、優しくて、なぜか泣きたくなる。

めちゃくちゃに四肢《しし》を振り回して暴れる私は、力強い腕にぎゅっと抱き締められた。

「スイ……、スイ！」

『やだやだ！　はなしてー―――……え？』

「大丈夫、大丈夫だから」

ぽんぽんと宥《なだ》めるようにお腹《なか》を叩く手と、頭の上から降ってくる優しい声。私の記憶をくすぐる、この、甘く柔らかな香り――

なんでだろう。なんでかな。こんなときに、こんなときだからか、気づいてしまった。

この香り、告春花だ。

ああ、なんで、と。絶望する私の背を、飛龍がぽんぽんと撫《な》でる。

「大丈夫だ、スイ。俺がいる。俺が、お前が恐れるモノのすべてを退《しりぞ》ける」

『……何、それ』

「約束しただろ。必ず――今度こそ、俺がお前を守るって」

その静かな声に、私は無性に泣きたくなった。

告春花。それは、私たちの思い出の花だ。

ううん。思い出の花だった。

冬の終わり、雪が解けた地表に花を咲かせる、春を告げる甘い香りの花。祖国の珀虎国では「真実の愛を誓う」という花言葉を持つことから、愛するひとに告春花の髪飾りを贈り、結婚を申し込む。

その習わしを受けて、かつての私たちは無邪気に約束した。飛龍は、告春花の髪飾りを、いつか私に贈るということを。私は、その日まで決して飛龍を忘れず、待ち続けるということを。

だけど、その約束は果たされなかった。宝石みたいにキラキラと輝いた思い出は、いつしかさび付き、私の心の奥底に深く深くしまわれた——

——何が守るだ。何が退《しりぞ》けるだ。貴方は約束を破ったくせに。貴方はちっとも、私を待ってなんかいなかったくせに。

全部が全部、腹が立つ。何もかもが、むしゃくしゃする。

何も知らない貴方。私の正体を知ったら、二度と手を伸ばしてくれない貴方。

なのに、どうして。どうして飛龍の腕は、こんなに温かいんだろう。

『ふぐ……』

だめ。本格的に視界が滲《にじ》んできた。

『ふぐぅ……っ』

今きっと。私、すごくブサイクな顔してる。

「あらあら。お猫様、泣いてますね」

「猫って泣くものなのか……？」

「どうなんでしょう。本格的に獣医師を呼ばなきゃですねえ」

よしよし、と。温かい手で私の頭を撫《な》でながら、飛龍は困った顔をする。その瞳の優しさすら涙腺を刺激する。ますます涙が溢《あふ》れそうになった、そのとき。

「ぱあん！」と。晴れやかに扉が開け放たれた。

「呼ばれて飛び出てジャジャジャジャーン！　それがしが参りましたぞ！」

カラスの濡羽《ぬれば》色をした装束を纏《まと》う、満面の笑みを張り付けた大男――いうまでもなく、陰暁明だ。

「ひっ！」と涙が引っ込む私を抱っこしたまま、飛龍が形のよい眉をひそめた。

「何をしてる。誰もお前を呼んでないぞ」

「いえ。我が君はたしかにそれがしを望みました。『獣医師を』と」

暁明は長い指を絡め、にんまりと目を細めて身体を揺らす。

嫌な予感がする。そう毛が逆立ったとき、暁明は嬉しそうにこう告げた。

「それがし、猫好きが生じて獣医師（ただし猫に限る）も兼務しておりまして」

「あ。そうでしたね」

「ぽん！」と泰然が手を打った。

そうでしたね、じゃないわあああ！　暁明が獣医師だと知っていたら、全力で元気

なフリしたわ！　ていうか私の具合が悪いの、全部暁明《このひと》のせいなんですけど⁉

「猫ちゃあああん。それがしがじっくりゆっくり、身体を見てあげようねえええぇ」

指をワキワキさせて、暁明が近寄ってくる。

にちゃあぁと深まる笑みに、全身の毛がざわざわする。とっさに私は、飛龍の腕から逃げ出そうとした。

『ひ！　やだ、来ない、で⁉』

「だめだぞ、スイ」

がしっと両前足を拘束され、私はぴくりとも動けなくなる。ぎょっとして見上げると、飛龍が真面目な顔をして私を覗《のぞ》き込《こ》んでいた。

「悪いところは、しっかりお医者様に診《み》てもらわないと」

ひどく真っ当そうに聞こえますけど、それ、貴方が言います⁉　私、人間だった頃、お医者様に煎《せん》じてもらった薬を目の前でひっくり返されたの、忘れてないからね！

「さあ、おいでえええぇ……」

唖然《あぜん》としている間に、暁明の魔の手がすぐ目の前に迫った。

い、いやあああああぁ！

「ストレスですな」

半刻ほど経った頃。

あちこち弄《いじ》られ、羞恥《しゅうち》のあまり布切れのように撃沈する私を飛龍に手渡しつつ、暁明はこともなげに診断した。

「ストレス？」

「お猫様がですか？」

飛龍は不思議そうに、泰然は訝《いぶか》しげに問い返す。濡《ぬ》れた布で手をふきふきしつつ、暁明は先ほどまでの荒ぶりようが嘘のように、涼しい顔で頷《うなず》く。

「左様。右前足の付け根にひとつ、背中にひとつ。わかりづらいですが、小さなハゲができています。加えて、我が君によればお猫様はここ数日食が細っておられたとか。夜も熟睡していなかったのでは？」

あ、当たってる。あまりに的確な診断に、私はごくりと息を呑んだ。

ていうか、ハゲ……ハゲかあ……

人間だった頃の美意識を忘れずダイエットも頑張っていただけに、私はへこんだ。

たしかに暁明のことで悶々《もんもん》と悩んでいたけど、まさか毛が抜けてしまうほどストレスを感じていたなんて。

ずーんと沈む私を抱いたまま、飛龍もまた、ものすごく落ち込んでいた。

「そんな……。スイが、俺との生活をそこまで窮屈に思っていたなんて……」

「落ち着いてください。お猫様のストレスの原因が、我が君と決まったわけでは」

「じゃあ、タロたちとの運動のせいか？　姜将軍の報告では、スイは運動をものすごく楽しんでいるというのに？」

「あ、いや。それもわかりませんが」

将軍や番犬ズにいらん罪をかぶせるわけにもいかず、泰然が困ったように視線を彷《ほう》徨《こう》させる。だけど飛龍は、それ以上追及せずに頭を抱えた。

「どちらにせよ、俺のせいだ。スイの一番近くにいたのに、なんにも気づいてやれなかった」

絞り出すように呟《つぶや》いた彼は、何かのトラウマを引き当ててしまったらしい。私を膝に乗せたまま膝を抱える。

泰然と暁明が顔を見合わせ――何かを期待するみたいに、私を見た。

まあ、そうだよね。落ち込んでいる飛龍を立ち直らせることができるのは、たぶんこの場じゃ私だけだ。

気乗りしないのは、猫として目覚めてからずっと身近なところにあった、懐かしい香りの正体に気づいてしまったから。

――告春花。その花を髪に飾ってもらったのも、いつか髪飾りを贈ってもらう約束をしたのも、私たちの『真実の愛』を彩《いろど》る、大切な思い出だ。

だけど、飛龍にとってはそうじゃなかった。……そうじゃなかったとしか、考えられない。

だって彼は、龍華国で再会した私に、ひどく冷めた目を向けていた。だというのに、何を考えて、告春花の香りを身に纏《まと》っているんだろう。

もしかして、私とのやり取りなんて、きれいさっぱり忘れてしまったのだろうか。それとも覚えてはいるけれども、それはそれとして告春花の香りだけを好み、気にせず使用しているのだろうか。

どちらにせよ、飛龍に優しくしたくない理由としては十分すぎる。腹が立ちすぎて、このまま闇落ちモードに突入するであろう彼を袖にして、ますます追い打ちをかけてやりたいくらいだ。

……やりたいはず、なんだけど、なあ。なぜかチクチクと良心が痛み、私は飛龍の膝から抜け出せずにいた。

ま、まあね？　最近の寝不足やハゲができた直接的な原因は、間違いなく暁明だ。飛龍がまったくの無関係とは思わないけれども、ここまでひどく落ち込まれるほど、彼に何かされたわけじゃない。

仕方ないなあ。

泰然たちの視線に耐えかねて、私はぐいと飛龍の顔を覗《のぞ》き込《こ》んだ。

『飛龍。ねえ、飛龍ってば』

「最悪だ……。俺は、またスイを傷つけた……」

『ちょっと。こら、話を聞け！』

ぺいっと飛龍の鼻先に猫パンチを入れてやる。

飛龍は「わっ！」と声をあげて、ぱちくりと瞬《まばた》きをした。そうしていると、こっちが気後れするほどの綺麗な顔が少しだけ幼くなり、まるで昔の彼のようだ。

深い海の底のように蒼《あお》い瞳を見上げて、ぺしぺしと飛龍の胸を叩く。

いい夫ではなかった。それどころか、最低な男だった。

だけどスイに対しては——迷い込んだ一匹の子猫に対しては。少なくとも、飛龍は誠実で、優しかった。ちょっと愛が重いかもしれないけど、いい飼い主と言って差支《さしつか》えはないと思う。

……なんて、猫の言葉で言っても飛龍には伝わらない。

だから私は、みょんっと背伸びをして飛龍の目を覗《のぞ》き込《こ》んだ。

『しっかりして。スイは貴方が守る。そうでしょ？』

「ミャウ！」とひと際大きな声で鳴く。

飛龍は一瞬目を瞠《みは》り、綺麗な瞳にじわりと涙を浮かべた。

「まさか、スイ。俺を慰《なぐさ》めてくれてるのか？」

『は？　そんなんじゃないし』

「ありがとう……！　やっぱりスイは優しい。スイは俺の天使だ……！」

はい。今日も噛み合いませんね！

感極まって私を抱き締める飛龍に呆《あき》れつつ、私はホッとした。

告春花のことは複雑ではあるけれど、一方で、飛龍に目の前で落ち込まれると、やっぱり私は困ってしまうみたい。我ながら、随分とお人好しなもんだ。

暗さが消えた飛龍に満足してから、ちらりと暁明を盗み見る。

それにしても陰暁明め。

いつもの如《ごと》く、内心の読めない笑みを張り付けて私たちを眺めている奴は、何を考えているんだろう。

先日の私を見る目から、彼が私の正体に気づいているのは間違いない、と、思う。

だけど、今のところの様子では、私《スイ》の中身が琳翠花だと飛龍に告げる気はなさそうだ。

それはそれで薄気味悪いものがある。

なぜ暁明は、飛龍に真実を告げないのだろう。まさか私を庇《かば》って……は、ないか。

理由がないし、そもそも、この間の彼の目は完全に面白がっている目だった。

それとも、暁明は暁明で、何か企《たくら》んでいるとか……

嫌な予感がしたとき、暁明が大きな手を嬉しそうに合わせた。

「そうです、我が君。禊《みそぎ》の刻にはまだ余裕があります。ゆえに、お猫様と庭を散策されてはいかがですかな？」

「なるほど。それは名案だ」

いやいや。ほんとこのひと、何を企《たくら》んでるの？

ぎょっとする私とは裏腹に、満更でもなさそうな飛龍。なんなら、スキップをしながら私を連れ出しそうな皇帝に、慌てて泰然が口を挟んだ。

「なりませんよ！　我が君には、目を通していただくべき書類が山とあるんです」

「ケチだな、泰然。急ぎの書類なら昨夜終わらせたぞ」

「それはありがとうございました！　ですがね、陛下。我が国は大国ゆえ、隙間時間も効率的に仕事を回していかなければ、たちまち立ちゆかなくなるといいますか……」

「それはいかがなものでしょうか」

ずずいっと身を乗り出して間に割って入った暁明に、泰然が「うっ」と怯《ひる》む。暁明のような大男が真っ黒の装束を着てすごむと、冗談抜きに妖怪とか悪霊の類《たぐい》みたいだ。

タジタジになる泰然に、暁明は妖《あや》しくにんまり笑った。

「ご存知の通り、本日はいよいよ月詠の儀。儀式の前後は、我が君の作業効率が著《いちじる》しく激減いたします。泰然殿もそれをわかっているから、ここひと月ほどはアレコレと前倒しに公務を進めてこられたのでは？」

「……まあ。それはそうなのですが」

「ならば問題ありませんねえ。少しばかり、我が君がお散歩されても」

にっこりと悪魔のように笑ってから、暁明は私に目配せする。

え、何？　そんな「やりましたぞ」みたいな顔されても、私は貴方の意図が欠片《かけら》も
わからないよ？

「というわけで、ささ。いってらっしゃいまし。泰然殿のお心が変わらぬうちに！」

にこにこ笑う暁明に急《せ》かされ、私は飛龍もろとも、中庭に押し出される。

訳もわからず振り返ると、目が合った暁明が、ぐっと親指を立てた。

（どうぞ、お楽しみを！）

本当にどういうこと？

声には出さず、口の動きだけで激励してきた暁明に、ますます私は混乱した。

＊　　　＊　　　＊

「なんだったんだ、暁明の奴。やたら、俺の肩を持ってくれたが……」

龍玉殿の私室を何度も振り返り、飛龍が首をひねる。私よりよほど暁明と付き合い

の長い飛龍でも、先ほどの行動は意味がわからなかったらしい。

あんなに熱心に、私と飛龍をふたりきりにしようとするなんて……まさかあのひと、龍玉殿の庭に罠《わな》とかしかけていないよね？

女官たちから暁明が「皇帝の影」と呼ばれていたことを思い出して、私は心の中で震え上がる。

暁明は飛龍の部下なのだし、飛龍もろとも罠《わな》にかけるようなことはしないだろうけど。それはそれとして、あの見た目のせいでどうにも胡散臭《うさんくさ》いのだ。

私が身震いしたのを寒がっていると思ったのか、飛龍は私の小さな身体をしっかりと抱えなおした。

「まあ、いい。せっかく、スイとの時間がとれたんだ。ありがたく使わせてもらうとしよう」

「ンニャ？」

「いい子だから、大人しくくるまれてるんだぞ」

羽織の内側にくるんだ私の頭を、飛龍が撫《な》でる。オオカミか、もっと大きな何かか。動物の毛皮でつくられた羽織は柔らかくて、暖かい。

ほんの少しだけ残る、微《かす》かな獣の香り。――そのさらに奥、おそらく飛龍の衣からは、告春花の甘い香りがふわりと漂《ただよ》う。

鼻をくすぐる懐かしさに、私は目を閉じた。

琥珀国の冬の終わりには、王宮のあちこちでこの香りが漂《ただよ》っている。薄緑色の可愛らしい花も、優しい香りも、私は大好きだった。そして、飛龍と髪飾りの約束を交わしてからは、告春花は私の中で、それまで以上に大切な花になった。

いつからだろう。意図してその花を、記憶の中から締め出したのは。

「スイと中庭を歩くのは、お前が脱走しようとした夜以来だな」

砂利の道を踏みながら、飛龍は懐かしそうに笑う。あれからまだ、ひと月も経っていない。それなのに、ひどく遠い昔に感じる。

そう思ったのは私だけではないようで、飛龍がおかしそうに笑った。

「お前が来てそう月日は経っていないはずなのに。なぜだろうな。スイがいると楽しくて、面白くて、あっという間にときが過ぎる。その一方で、思い出がたくさん詰まっているから、かなり長いときを共に過ごしたようにも感じる。……まるで、琥珀国にいたときみたいだ」

最後は独り言だった。

だけど。だからこそ。私は顔を上げる。

飛龍もまた、私を見ていた。私を見て、寂しそうに微笑《ほほえ》んでいた。

「スイは翠花じゃない。頭ではわかっている……わかっているはずなんだ。なのに、ふと気を抜くとお前と翠花を重ねている。本当に、俺はひどい飼い主だな」

それって、どういう？

飛龍の真意を探りたくて、私は身を乗り出そうとする。だけど飛龍は、「寒いから出てくるなと言っただろ」と苦笑をして、私を腕に抱えなおした。

「しかし……そうだな。思わせぶりなことを言うばかりで、スイに彼女のことをきちんと話したことはなかった。いい機会だから聞いてくれるか？」

そう言って、飛龍は私の頭を撫《な》でた。

「俺と、もうひとりのスイ——翠花の話を」

「どこから話すのが正解だろうな」

庭をしばらく歩いた先にある、小さな池。

その脇にある四阿《あずまや》に腰かけて、飛龍は首を傾《かし》げた。

季節が違えば、池の周りに花が咲き乱れていたり、紅葉が色づいたりして、大層美しいのだろう。

けれども今は色彩の枯れた中に、静謐《せいひつ》な氷が張るばかり。それがかえって壮麗さを出し、まるで世界中からここだけ切り離されたような感覚に陥《おちい》る。

私の背中をゆっくり撫《な》でながら、飛龍は昔を思い出すように水面を眺めていた。

「翠花は珀虎国の姫だった。俺がまだ幼い頃、母上と珀虎国に逃げた先で出会ったんだ」

「え？」と、思わず飛龍を見上げる。私は両親から、ふたりが珀虎国に来たのは身体の弱い飛龍の養生のためだと聞かされていたから。

視線が合うと、飛龍は私を撫《な》でる手を止めずに苦笑した。

「俺は六人いる兄弟の末でな。当時、皇帝であった空龍兄とかなり年が離れていて、皇位継承権の末端に名を連《つら》ねているにすぎなかった。だが、俺の母は、珀虎国を統《す》べる琳家に連《つら》なる者だ。そのせいで、俺を軽んじてくれない者もいてな。幼い頃に、何度か毒を盛られかけたんだ」

『そんな……』

知らなかった。唖然《あぜん》とする私に、飛龍は優しく微笑《ほほえ》む。

「昔のことだ。とにかく、俺は龍華国にいた頃は怯《おび》えてばかりで、そのせいか身体も弱く育った。見かねた空龍兄が、俺と母上を珀虎国に送ってくれた」

そして、翠花と出会った、と。大切な思い出を語るように、飛龍は告げる。

「翠花との出会いは、とにかく衝撃だった。だって、彼女も王族なんだぞ。なのに、ひたすら自由で、活発で。菓子なんかも毒見役を通さずその辺のものを盗み食うし、なんなら、掘った芋《いも》を自分で焼いて食べたりするし。この姫は正気か？　と、初めは割と真剣に悩んだ」

『さ、さすがに芋《いも》は焼いてないわよ！　芋《いも》は！』

つい動揺して突っ込むけど——いや、焼いたな、芋《いも》。

たしか、飛龍が珀虎国に来たのが秋だったんだ。私の父様——珀虎国の王は土いじりが趣味で、王宮の一角にちっちゃな菜園がある。そこで、ちょうど紫芋《むらさきいも》が食べ頃を迎えていた。

初めて会った飛龍は、お人形みたいに可愛かった。すっかり舞い上がった私は、お近づきの印にと、父様の菜園で採れた一番立派なお芋《いも》を焼いて……って。ほんとだ。改めて振り返ると、とってもお姫様っぽくないことやってたね、私。

「だけど、おかげで俺は実感できた。ここに俺たちを害するものはない。何も恐れなくていい。この場所で、俺は自由だと。そのときの解放感は、生まれて初めて感じるものだった」

おかしそうに、面白そうに。懐かしそうに、すこしだけ寂しそうに。大事に大切に、飛龍は思い出を語る。

「龍華国の末端皇子としてではない。俺はただの飛龍で、彼女もただの翠花だった。何もかもが新鮮に映るあの場所で、翠花は無邪気に俺の手を引いた。——楽しかった。ひたすらに愉快で、面白くて、——気づけば、彼女に恋をしていた」

どきりと心臓が跳ねた。そう告げた飛龍の笑みが、あまりに優しかったから。

「もっとも最初は、自分でそうとは気づかなかったけどな。俺にわかるのは、翠花が笑うと胸が弾んで、彼女が悲しんだり不機嫌だと胸がざわつくことだけ。母に相談したよ。俺は変になったのかもしれないと」

　仙月様は、「まあまあ」と嬉しそうに目を輝かせた。そしてこう告げたと言う。

　簡単なことです。飛龍は翠花に恋をしてるのよ、と。

「びっくりしたよ。同時にしっくりきた。なるほど。これが恋なら、世界も輝いて見えるわけだと」

　瞼《まぶた》の裏に、遠い日の面影《おもかげ》が宿る。

　手を引っ張ると、ちょっぴり困った顔をしながらも、嬉しそうについてきた男の子。私たちはときに砂まみれで、ときにびしょ濡《ぬ》れで。後で怒られるのはわかっているのに声を出して笑い合ったときは、一点の曇《くも》りなく幸せだった。

　……こんなの、知らなかった。私はただただ楽しくて、嬉しくて。大好きの意味もよく知らないうちに、無邪気に飛龍に恋をした。飛龍が――「結婚しよう」と約束した小さな男の子が、私にどんな思いを抱いてくれていたかなんて。

　私は、何も。

　きゅっと胸が疼《うず》いて、私は慌てて飛龍から目をそらした。

　これまでの、苦しいだけの痛みと違う。そわそわして、心がどうしようもなく浮き上がって、同時に怖くなる。

期待するな。いらぬ夢を抱くな。

そう自分に言い聞かせても、走り出した鼓動が止まらない。ドキドキと話の続きを待つ私の背を撫《な》でる手を止めて、飛龍が懐《ふところ》に手を入れる。取り出されたそれを見て、私は今度こそ息が止まりそうになった。

それは私が昔つけていた、古い日記だ。

飛龍の長い指が紙をめくり、とうに開き癖のついた頁《ページ》を探り当てる。そこにあるのは、私の宝物、かつて飛龍に贈られた告春花の押し花だ。

飛龍が龍華国に戻ってしまい、私は毎日何度も、その押し花を眺めた。だけど龍玉国に嫁《とつ》ぎ、飛龍の心が桜綾のものであることを知ってからは、いつしかそれを見るのが苦しくなり、日記ごと棚の奥にしまい込んでいた。

なぜそれを飛龍が……？　言葉をなくす私の視線の先で、飛龍は壊さないように、告春花の押し花をそっと撫《な》でた。

「ずっと一緒にいたい。彼女もそう思ってくれてると知った俺は、約束をした。いつか絶対、結婚しよう。制約も何もない、ただの口約束だ。だけど俺にとっては、世界で一番大事な約束だった。……今でも、俺は」

一瞬だけ、飛龍は声を詰まらせる。

苦しげに顔をしかめた彼の服から、優しく、懐かしい香りがした。

「翠花は俺を許さないだろう。それだけのことをした。それほどに俺は外道《げどう》だ。──だから、許しは請《こ》わない。許されたいとも思わない。ただもう一度だけ、翠花の笑顔が見たい」

ぽつりと、頭に水滴が落ちる。

雨じゃない。飛龍が泣いていた。

「会いたいよ、スイ」

古い日記を胸に抱き、飛龍がはらはらと涙を流す。透明な雫《しずく》は綺麗で、儚《はかな》くて。肩を揺らす飛龍は、まるで子供のようだ。

膝の上から彼を見上げて、私は茫然《ぼうぜん》とした。

翠玉宮には足を向けなかった飛龍。翠花《わたし》を初恋だと話す飛龍。

薬の碗をひっくり返して怒鳴った飛龍。翠花に会いたいと涙を流す飛龍──とても同じだと思えない。矛盾があまりにありすぎる。

だけど、たぶん。飛龍にとって、今の私はただの猫で。

嘘を吐《つ》く理由もなければ、誤魔化《ごまか》す必要もない。

だからきっと、これは飛龍の本心。

だとしたら、不可解なのは六年前の態度だ。彼はなぜ、輿入《こしい》れしてから三年間、私を無視し続けたんだろう。

……そうせざるを得ない理由があったのだろうか。

たとえば、私の龍華国における後見人は、周大臣だった。一方で桜綾の親は、周大臣の政敵であった李大臣。政治的な理由から、飛龍は周大臣に庇護《ひご》を受ける私には近づけなかったとか。

もしくはもっとシンプルに。飛龍は、私も桜綾も愛していた。だけど桜綾の手前、私に会いに来ることができなかった、など。

ダメだ。それっぽい理由は浮かぶけど、全部、都合のいい妄想にしか思えない。

それに、これだと説明がつくのは、「飛龍が私を避けた理由」だけ。

なぜ飛龍が、暁明に私を殺させたのか。翠玉宮に訪れたときに見せた、燃え盛る炎のような怒りはなんだったのか。肝心のそれらがさっぱりだ。

そこまで考えて、私はハッとした。そもそも、私の命を奪うと決めたのは飛龍なんだろうか。

私の最期《さいご》のときに現れたのが、皇帝の影である暁明だということ。そして、飛龍が何度か口にする「俺は外道《げどう》だ」という発言。飛龍が私の死になんらかの形で関わっているのは間違いない。

だからといって、彼が主犯とは言い切れない。

じゃあ誰が。誰が、私を殺したかったの？　誰がそうなるよう仕向けたの？

「――我が君」

声が響いた。

愉悦を孕《はら》んだその声は、地獄の底から響いているように背筋をひやりと撫《な》でる。飛龍が顔を上げ、つられて私も首を持ち上げる。

いつの間にか降り始めた細雪《ささめゆき》の中、暁明が微笑《ほほえ》んでいた。

「――お迎えにあがりました、我が君」

三日月のように細めた目の奥で、暁明は楽しげに私を見つめていた。

「もうそんな時間か」

そっと涙を拭いて、飛龍が立ち上がる。涙に気づかなかったように、暁明はするりと飛龍に近づいた。

「まだお時間に余裕はございますが、じっくり身を清めるのも悪くないかと、お迎えに上がりました。お邪魔でしたかな？」

「かまわない。長く外に連れ出しては、スイの身体が冷えてしまうからな」

外套《がいとう》の中に私をすっぽり覆いつつ、飛龍が私を見て微笑《ほほえ》む。それから、先を促《うなが》す暁明の後に大人しく従った。

「行こう。皆を待たせたくない」

「御意」

にんまり唇を吊り上げた暁明に、私は薄ら寒いものを感じた。

彼は、本当に飛龍の味方なんだろうか。

これまでのやり取りから、飛龍は心を許しているように見える。かつて私に仕えてくれた女官たちも、「皇帝陛下は暁明を頼りにしている」と話していた。

だけど、私への含みのある態度……何より、私の正体に気づいていながら、それを飛龍に告げないのはなぜなのか。

まさか前世の私の死も、飛龍がそう決断せざるを得ないように、暁明が追い詰めたという可能性はないかしら。

……いや。たしかに、私の死を望んだのが飛龍ではなかったとしたら、次に怪しいのは実行犯である暁明だ。

だけど、私――琳翠花の死が、暁明にとって得になるとは思えない。それに、仮に暁明が私の死を望んだのなら、猫《スイ》の正体が琳翠花だと気づいてすぐ、排除しようと動くはずだ。

やっぱり、暁明は白？　彼の纏《まと》う異様な雰囲気が、必要以上に警戒させるだけ？

悩んでいると、ちらりと暁明が私を見た。にぃっと笑みを浮かべた彼は、内緒話をするみたいに唇に人差し指を当てる。

その瞳に、笑みに。ぞっと背筋が冷えた。

もう限界だ！　考えるより先に、私は叫んでいた。

『タロ、ジロ、ゲンゾウ！　第一種戦闘配置！』

「「「わんわん、わわん！！！」」」

近くの茂みから番犬ズが一斉に飛び出す！　龍玉殿の中庭だし皇帝の近くだし、どうせ近くに潜《ひそ》んでいるだろうという私の勘は当たったようだ。

驚く暁明の周りを、番犬ズが砂埃《すなぼこり》を上げてぐるぐる走り回る。そのまま、目をキラキラと私を見上げた。

『姐《ねえ》さん、姐《ねえ》さん！　出番か！　ついに俺らの出番か！』

『ええんやな！　いてもうてええんやな！』

『よろしい、やっちまえ！』

私の号令で、番犬ズが同時に暁明に飛びかかる！　彼は「もふ！」と謎の悲鳴をあげて倒れ込み、あっという間に番犬ズにもみくちゃにされた。

『よおぉおし！　わてはお得意のペロペロ地獄や！』

『おいらはグリグリ地獄や！』

『なら俺は、俺は……。ああ、わからん！　とりあえずもみくちゃにしてやるわ！』

「シャ、暁明――――！」

ギョッとして叫ぶ飛龍。一方の暁明は、どこか恍惚《こうこつ》とした表情で横たわる。

「あ、ああ。もふもふにモフり潰《つぶ》される最期《さいご》……！　叶うなら猫ちゃあああんに潰《つぶ》されるのが本望なれど、これはこれでよき最期《さいご》なり……」

「喜んでいる場合かー!?　こ、江浩宇はいないか！　姜将軍は!?　誰でもいい、番犬たちを引き離せる者は！」

慌てふためく飛龍の腕が緩む。その隙に私は思い切り飛龍の腕を蹴り、宙を舞った。

『とう！』

「スイ!?」

「ふぎゅ！」

飛龍の悲鳴と、暁明の潰《つぶ》れた声が重なった。私の意を汲《く》んだ番犬ズが割れる。もふもふ毛並みの中心、暁明の胸に私は飛び込む。

華麗に着地した私は、番犬ズに押さえ込まれ動けない暁明の頬に、むぎゅりと肉球をのめりこませた。

「スイーー!?」

「あ、ここが天国でしたか」

「暁明、おのれーーー！」

真顔で楽園に至る暁明と、一転して「ずるい！」と憤慨《ふんがい》する飛龍。そんな中、私は暁明を前足で踏みつけたまま、彼をキッと睨《にら》んだ。

『もう、理屈とか理由とかどうでもいい！　本能が告げているの、貴方がすべての黒幕だって！』

「……………は？」

暁明が目を瞬《また》かせて、私を見る。その意味を深く考えないまま、私は興奮して続けた。

『貴方、一体何を企《たくら》んでいるの？　次は飛龍に何かしようっていうなら、この私が黙っちゃいないわ！』

――もう私は、後宮の隅で泣いているだけの妃じゃない。

妃じゃないどころか人間ですらないけど、少なくとも自由だ。健康な身体があるし、番犬ズという頼れる仲間もいる。

元気な身体があれば走れるし、仲間がいれば一緒に戦える。猫だって、犬だって。

悪事を暴くことはできなくても、大切なひとを守るくらいはできるはず。

暁明が本当に黒幕なのかはわからない。

だけど暁明にせよ、ほかの誰にせよ。誰かが味方ヅラをして飛龍を騙《だま》しているなら、全身全霊で邪魔してやる！

「スイ、何を怒ってるんだ……？　暁明、お前、スイに何をした？」

訳がわからないといった様子で、飛龍が私と暁明を見比べる。当たり前だ。飛龍は、猫である私の言葉はわからない。突然番犬ズが飛びかかったのも、私が暁明を踏みつけているのも、まったくもって意味不明だろう。

……そこまで考えて、ハッとした。

暁明はきょとんとしつつも、考え込んでいる。

まるで猫の言葉を聞き、理解し、その答えを探しているみたいに。

「何を企《たくら》んでいるか、ですか……」

暁明の薄い唇から零《こぼ》れた言葉に、私は今後こそ固まる。

気のせいじゃなかった。勘違いじゃなかった。

やっぱり暁明は、私の言葉を理解している――

茫然《ぼうぜん》としている隙に、飛龍が私を抱きあげる。自由になった暁明は身体を起こし、手を合わせて微笑《ほほえ》んだ。

「それはもちろん、よきことをっ」

その半刻後。

『いいいぃいぃやあぁぁぁあ‼』

「スイ！　大丈夫だ、怖くないから」

我を失い暴れる私を、飛龍の腕が必死に抱え込む。

──怖いとか、怖くないとか。そういう問題じゃない！

辺りに満ちるのは、優しく肌を撫《な》でる湯煙。おかげで少しだけ視界に靄《もや》がかかるけど、うっすらと肌の透《す》ける白装束を纏《まと》った飛龍を、完全には隠してくれないわけで。

「一緒に温まって綺麗になろうな？」

湯に上気した頬で微笑《ほほえ》む、水も滴《したた》るいい飛龍《おとこ》……

なんで、こうなった⁉

心の中で悲鳴をあげる私は、なんと飛龍と湯殿にいるのだった。

＊　　＊　　＊

禊《みそぎ》──それは、神事や大事な行事の前に穢《けが》れを落とし、清らかな身となるための準備である。

本来は川やら滝やらで行うのが正しいけれど、龍華国の冬は、半端じゃなく寒い。こんな寒空の下、水浴を行おうものなら冗談抜きに死んでしまうし、なんなら滝も川も凍っている。

そこで龍華国の王宮には、日々身を清めるのに使う湯殿とは別に、皇帝が禊《みそぎ》のときのみに使用する神聖な湯殿が存在する――

というのは、人間だったときに知ってはいたけれども。

まさか猫に転生した後に、飛龍と一緒に入ることになるとは思わないよ！

『は、はははなして！　タンマ！　お願いだから離れて！』

「スイは湯浴みが嫌いなのか？　綺麗好きだと思っていたが……」

「そのようには聞いておりませんよ？　他の侍従からも、『お猫様は湯浴みがお好きなようで、いつも満足げに桶《おけ》に浸かっておいでです』と報告があがってますし」

私の暴れように首を傾《かし》げる飛龍と、これまた不思議そうな泰然。

そりゃあね！　湯浴みは好きだよ！　これでも元皇妃だし、そうじゃなくてもお風呂は長風呂派だし！

だけどさ！　小さな手桶《ておけ》に湯を張ってもらって、わしゃわしゃ洗ってもらうのと。水も滴《したた》る半裸の美丈夫（国宝級）に抱えられて、しっぽり湯に浸かるのはなんか違うよね？

飛龍も一応、服は着てるよ。湯浴みとか禊《みそぎ》のときに羽織《はお》る用の、白いアレ。

だけどね、薄いんですよ。濡《ぬ》らすものだし、水で重くならないようにそういう仕様なのはわかっているけど、いかんせん濡《ぬ》れると透《す》けちゃうんですよ。

すると、なんということでしょう。幼い頃にはなかったであろう引き締まった筋肉や、絹のように滑らかな肌が布越しに浮き上がって、さあ大変。濡《ぬ》れた黒髪が張り付く飛龍の色白の頬が、湯浴みによりほどよく上気して……

こんなのもう、裸よりも裸だよ！　どうしよう、こんな卑猥《ひわい》（褒め言葉）なもの見ちゃったら。もうお嫁に行けません！

「スイが急にグダッとした。まさか俺と一緒というのが、大好きな湯浴みが嫌になるくらいストレスなのか……？」

「ち、違いますよ。根拠はありませんけど。たぶん、大きな湯殿にびっくりしたとか、そういうアレで……だあ！　闇落ちモードに入らないでください！」

最後は悲鳴だった。

私がジタバタ嫌がるものだから、勝手に勘違いした飛龍がどん底モードに突入しかかっているらしい。

ずーんと、広い湯船の真ん中で、半分湯に浸かったまま落ち込む飛龍。イケメンがずぶぬれで項垂《うなだ》れる姿はかわいそうというか、ある意味シュールな光景だけど、今の私にそれをフォローしてあげる元気はない。

ちなみに湯浴み用の白装束を纏《まと》うのは飛龍だけだ。介助役の侍従は、腕やら膝やらをまくってはいるけど、作務衣《さむえ》のような装束をばっちり着ていた。泰然に至っては、いつもと同じ格好だ。

それだけはよかった。飛龍以外の皆さんも半裸状態だったら、私は本格的に気を失っていた。

変なことに安心したそのとき、泰然の背後から新たな声が響いた。

「ご安心ください。猫ちゃあああ……お猫様は、我が君のあふれ出る色気、すなわち『ふぇろもん』に当てられただけにございましょう」

「本当ですか？」

もう誰何《すいか》するまでもない。妖《あや》しい笑みを浮かべるのは、太暦寮の術師・陰暁明だ。

怪しむ泰然に、暁明は自信満々に頷《うなず》いた。

「お猫様は、身体付きから察するに、そろそろ生後一年といったところ。人間に換算すると、十七、十八ぐらいの年頃の娘です。それくらいの娘にとって、我が君の湯煙姿は、少々刺激が強いというものでは？」

「ん。それはまあ、たしかに……」

わかったような、わからなかったような顔をして、泰然は飛龍を見る。ほかの侍従たちが飛龍に向けるのも、同じような顔だ。同性の目から見ても、水に濡《ぬ》れた飛龍の色気はすごいらしい。

わかっていないのは飛龍だけで、きょとんと不思議そうに私を見下ろす。

……と思いきや、長いまつ毛が縁《ふち》どる切れ長の目を伏せて、ちょっぴり困ったようにはにかんだ。

「そうか。スイは翠花と同じ年頃、か。それは悪いことをしたというか……その。なんだ。俺も少し、照れるものがあるな」

なんで！　そういうこと言うの！

ただでさえ恥ずかしいのに、飛龍にも恥じらわれちゃったら、私、ほんとに立つ瀬がないよ！　もう無理です、このまま湯煙に溶けてしまいたい……

「んーーーん。ラッキースケベイベントに遭遇したウブな男女からしか得られない栄養が、この世にはありますなあ」

「何か言いました？」

「お気になさらず。個人的な趣味嗜好《しゅみしこう》が漏れ出ただけにございますゆえ」

何やら早口に呟《つぶや》いた暁明に泰然が顔をしかめるが、暁明は笑って誤魔化《ごまか》した。

そうこうするうちに、恥ずかしすぎる禊《みそぎ》が終わる。

半分意識を飛ばす私を抱えたまま飛龍は湯に浸かり、侍従らにさらに湯をかけられるなどして穢《けが》れを落としたようだ。

ひたりと水を滴《したた》らせ、飛龍が足場を確かめるようにゆっくりと湯船から出る。

すかさず泰然らお付きのひとたちが近づくなか、音もなく近寄った暁明がすっと手を差し出した。

「お猫様は、それがしにお任せを」

「……やむを得ないか」

ちょっぴり寂しそうに微笑《ほほえ》んでから、飛龍が暁明に私を預ける。そして、いまだ放心状態の私の頭をぽんぽんと叩いた。

「また後でな、スイ。風邪をひかないよう、しっかりと暁明に拭いてもらうんだぞ」

柔らかく目を細める飛龍の艶《つや》やかな黒髪から、ぽたりと水滴が落ちる。究極美形の極上フェロモン。水に濡《ぬ》れるイケメン（国宝級）の色気は、言わずもがなの破壊力でした……

そうやって阿呆《あほう》みたいに茫然《ぼうぜん》としていたせいで、気づくのが遅れてしまった。

「さあさ、猫ちゃああん。それがしと一緒にあっち行こうねえぇぇ……」

嬉しそうに私を布にくるみ、いそいそと運ぶ大男。

どうしよう。私、暁明とふたりきりになっちゃった。

＊　＊　＊

〝陰暁明には気をつけなされ〞

いつかの日。周大臣が珍しく私に忠告した。

周大臣は龍華国での私の後見人という立場から、特別に翠玉宮への出入りが許されている。だから時々顔を出しては、私の様子を気に掛けてくれた。

その周大臣が、敢《あ》えて警告をするほどの人物。気味の悪さを感じつつも、私は大臣に食い下がる。

〝飛……皇帝陛下が、陰暁明が翠玉宮に入るのを認めたのでしょう？　陛下にも何かお考えがあるはず。陛下のご意思なら、暁明と会って話をしてみたいわ〟

〝なりません！〟

強い口調で、周大臣は否定した。

実は、この少し前、私は偶然に侍女たちが話しているのを聞いていた。

太暦寮の陰暁明が皇帝の許可書を携《たずさ》え、事前の触れなく翠玉宮を訪れたことを。異例のことに慌てふためく侍女たちに代わり、偶然居合わせた周大臣が陰暁明を追い払ったそうだ。

龍華国の後宮では、皇帝以外の誰かが訪れる場合、妃に事前に報《しら》せを送る決まりがある。それを怠《おこた》ったという意味で、陰暁明の突然の来訪は決していいことではない。

そうはいっても、彼は飛龍の許可を得て翠玉宮に来たのだ。それを問答無用で追い返してしまうなんて……

腑《ふ》に落ちないものがあったのだが、周大臣は厳しい顔をして首を横に振った。

〝翠妃様もお聞き及びでしょうが、飛龍陛下に目を掛けられているものの、陰暁明は碌《ろく》な男ではありません。いつ陛下の足を掬《すく》うとも知れぬ危険な男です。報《しら》せなく翠玉宮を訪れたのも、何か悪《あ》しき考えがあってのことでしょう〟

〝そんな危険な男なら、余計放っておけません。尚更《なおさら》、彼と直接話し、真意を確かめる必要があります。何か本当によからぬことを考えているなら、龍華国の翠妃として、その企《たくら》みを暴かなければ……〟

〝翠妃様〟

ぴしゃりと、周大臣が私の声を遮《さえぎ》る。

口をつぐんだ私を一瞬だけ厳しく見つめてから、大臣は優しく告げた。

〝陛下を案じる翠妃様のお気持ち、痛いほどにわかります。ですが、そのお考えは危険すぎる。案じなさるな。我ら周家が、陛下と翠妃様をお守りいたしましょう――〟

ここ龍華国で、私の世界は狭かった。

三年の月日の中、私が過ごしたのはほとんど翠玉宮の内。周りを固めるのは周大臣が用意してくれた女官や侍女ばかりで、私はまさしくカゴの中の鳥だった。

綺麗な後宮の奥で飼われ、耳に心地よい言葉を告げるひとたちに守られ。彼女ら、彼らは優しかったし、私を憐《あわ》れみ、慰《なぐさ》め、気を紛《まぎ》らわせてくれる。

けれどもその実、肝心なことは何も語らなかった。

「いやはや。お楽しみいただけましたかなっ」

るんるんと私を布で拭《ぬぐ》いながら、暁明が声を弾ませた。

近くには、彼と私しかいない。

「飛龍陛下のお身体、つまりは筋肉！　大変素晴らしいと思いませんでしたか？　あれにはわけがあるのです。なになに、単純なこと。男というのは愛しき相手を守るために、その身を鍛える傾向があるもので」

『暁明』

「ああ、それと！　湯に混ぜた告春花の香り。あれは大層、いいものでしょう。珀虎国でのお二方の思い出、少しばかり伺っておりますぞ。香りとは、心に眠る記憶を呼び覚ますもの。これより行う儀式に、これほどふさわしい香りはないものと……」

『陰暁明』

重ねて呼びかけると、ぴたりと暁明の手が止まった。くるまれた布の合間から、私は振り返って暁明を見上げる。

『わかってるんでしょ？　私の中身も、私の言葉も』

長いまつ毛に縁取《ふちど》られた目が、ゆっくり瞬《まばた》きする。やがて暁明は、例の底の見えない、胡散臭《うさんくさ》い笑みを浮かべた。

「いかにも」

長い髪をはらりと肩から落として、私を覗《のぞ》き込《こ》む。

「お久しゅうございます、翠妃様。この陰暁明、覚えていただき光栄にございます」

翠妃様、か。

久しぶりに呼ばれた呼称に、軽く身体が強張《こわば》る。

同時に、なんて皮肉な響きだろうと感じた。翠妃であった私は殺され、今は猫の身体だというのに。

『……その呼び方は止《や》めて。今の私は翠妃じゃない』

「よろしいので？　では、猫ちゃあぁ」

『もっとダメ』

デロデロと甘えた声を出しかけた暁明を、ぴしゃりと遮《さえぎ》る。

暁明はちょっぴり残念そうな顔をしつつ、大人しく胸に手を当て一礼した。

「では、翠花様、と。それがしには、そうとしか呼べませぬ」

翠花……も、まあ。思うところはある。

だけど翠妃よりかはいくらかマシな以上、私はそれで妥協することにした。

『すごいのね、太暦寮の官人は。この姿で正体を見抜かれるとは思わなかった』

「それがしも、さすがに我が目を疑いました。最初にお見かけしたのは、翠玉宮にて。改めて龍玉殿でお会いした折、ようやく確信いたしました」

『初見で見抜いてたの……』

うまく隠れたと思っていたけど、翠玉宮で鉢合わせた時点で、暁明は私に気づいていたらしい。目敏《めざと》すぎて、怖い。

『私の言葉がわかるのは？　まさか、すべて猫の言葉がわかるなんて言いださないわよね』

「それは猫愛好家として夢がありますが、違いまする。これは霊媒術の応用にて」

『霊媒術？』

「左様。今の翠花様は、いわば猫の身体に人間の魂《たましい》が入っている状態。ゆえに、死者の御霊の声に耳を傾けるのと同じ要領で、貴女様《あなたさま》の言葉がわかるのです」

それを聞いて、すごく納得した。

神様の手違いか、いたずらか。一度死んだのに、私は私のまま猫になった。だからこそ暁明も、私の言葉に耳を傾けることができる。もととなった術がよりによって霊媒術というのは、あまりに皮肉が利きすぎているけれど。

とはいえ、ひと目で私の正体を見抜き、術の応用を思いついた暁明はさすがだ。陰陽家の天才術師の腕前は、伊達《だて》じゃない。

ぐぬぬと私が唸《うな》っていると、今度は暁明が、ずいと顔を覗《のぞ》き込《こ》んだ。

「して、いかがされましたかな。翠花様は、それがしに何か聞きたいことがおありのようで。それがしで答えられるものなら、なんでもお答えしましょう」

愉快そうに見下ろす、美しくも妖《あや》しい顔を睨《にら》みつける。

問いただしたいことなら、山ほどあった。六年前に何があったのか。私はなぜ、死ななければならなかったのか。

暁明は飛龍の味方なのか。なぜ私の正体を、飛龍に隠しているのか。

だけど、最初に聞くべき問いは、やっぱりこれしかない。

『陰暁明。貴方はなぜ、私を殺したの？』

——飛龍を知ろう。あのひとが何を思い、何を考え、六年前に私の命を奪ったのか。

それを知るための猶予を与えよう。

そのために私は龍玉殿に残り、色んな飛龍を見てきた。

私と翠花が似ていると告げるときの、優しい声が浮かぶ。

懐かしげに思い出を語るときの、幸せそうな笑みが浮かぶ。

何より、会いたいと。翠花《わたし》に会いたいと泣いたときの、宝石のような涙が浮かぶ。

……まだ、わからないことが多い。謎は謎のまま、何もかもが手探りだ。

だけど、私には、あの笑顔が、声が、涙が、嘘とは思えない。

だから、信じる。

恨んで、憎んで、大嫌いとさえ思ったあのひとを、もう一度信じる。

暁明への問いは、そんな私の決意だ。

『貴方は誰の命で、私を殺したの？』

張り詰めた沈黙が、その場に流れる。

どくどくと、身体の中で血が脈打つ心地がした。

この質問は、ある意味賭けだ。

暁明が飛龍とは異なる意思で動いていた場合――つまり、暁明が飛龍を害するために、動いていた場合。

暁明はきっと、煩《わずら》わしさを抱くはずだ。たとえ猫であれ、暁明に疑いを持つ者が飛龍の手のうちにいるということに。

そうなったとき、私は再び、暁明に消されるかもしれない。琳翠花《わたし》の自我は解け、ついに神の御許《みもと》に帰るのかもしれない。

だけど、負けてやるもんか。

こちとら、死んでも未練がましく、同じ場所に帰ってきたんだ。こうなったら、とことん、私を終わらせた理不尽と戦ってやる。

そして今度こそ、私は私の意志を――飛龍を助けるという決意を、果たすんだ。

喉《のど》がカラカラに渇いていく中、暁明は静かに私を見つめていた。

漆黒《しっこく》の瞳は、何を考えているのかさっぱりわからない。彼の黒はまるで夜の闇のようで、見ているだけで吸い込まれ、二度と出てこられないような恐怖を感じる。

さあ、暁明。いざ尋常《じんじょう》に、真実を吐きなさい。

私が緊張で息を呑み込んだそのとき、暁明がおもむろに腕を組んだ。

かと思えば、急に宙を見上げて呻《うめ》き始《はじ》める。

「んん。ん～～……？」

え。何、その反応。

「んん……んんん。んんん～、んんー……？」

『なんなの⁉　呻《うめ》いていてもわかんないよ！』

焦《じ》れた私はパシパシと布を叩く。

すると彼は、どこか焦《あせ》ったような――否。思い切り冷や汗をだらだらと流しながら、
確認するように口を開いた。

「ときに翠花様。貴女《あなた》は、お亡くなりあそばされたので……？」

『へ？　当たり前でしょ？』

「んんっ！」

顔をしかめて答えると、暁明はますます呻《うめ》いた。

なんだろう。暁明の様子がおかしい。ていうか、質問の意味がわからない。

私が死んだかどうかなんて、その場にいた暁明が、一番よく知っているでしょうに。

訝《いぶか》しんでいると、暁明はさらに質問を重ねた。

「ちなみに、翠妃様はいつお亡くなりに？」

『いつって、六年前だけど』

「もっと具体的に！　何年何日何刻！　月と太陽が何度天を巡った折に！」

『細かいなあ！　わかんないけど、貴方が翠玉宮に来てすぐだよ！』

大声で返すと、暁明の動きがぴたりと止まる。

私は若干、イライラし始めていた。

だって、私の枕元に現れた暁明は、死神のように恐ろしかった。あの日に見せた仄《ほの》暗《ぐら》い笑みを、私は絶対に忘れられない。

なのに暁明は、まるでわからないという顔をする。

いくらよくない噂《うわさ》が絶えない術師でも、自分がいつ誰を呪殺したかくらい、覚えていたっていいんじゃないかな。

イライラと尻尾《しっぽ》を揺らす私を、暁明は穴が開きそうなくらいじーっと見つめる。

ややあって、彼はゆっくりと口を開いた。

「六年前。それがしが翠花様の居室をお訪ねした日で間違いない？」

『だから、そう言ってるでしょ！　貴方が私の部屋を訪ねてきて、私に術をかけた。その直後に意識が飛んだ！　で、気づいたら猫に転生してた！　私を殺したのは貴方なんでしょ、陰暁明‼』

「ぴしり！」と、前足を暁明に突きつける。

ここまではっきり言えば、暁明も言い逃れできないはず。

妙に往生際が悪いけど、はぐらかすのなら、とことん追いつめるまでよ！

けれども、暁明はぽかんと呆《ほう》けた顔をした。

天を仰《あお》ぎ、俯《うつむ》き。それから再度、天を仰《あお》いで、唐突に叫ぶ。

「よかったああああーーーー！」

『ひ、ひいいいいい⁉』

私に両手があったら、間違いなく耳を塞《ふさ》いでた。

それくらい、暁明の声が大きい！

悲鳴をあげる私をよそに、彼はなおも、ガッツポーズで雄叫《おたけ》びをあげる。

「あーあーあー！　死んだって、そういうことですか！　早く仰《おつしや》ってくださいな、心臓が止まりかけましたよ、ほんとにもー！」

『ほんとに何⁉　ちゃんと説明してよ、どういうこと！』

勝手に納得して勝手に喜ぶ暁明に、私は叫んだ。

本当になんなの。さっきから、とことん話が噛み合わない。

まるで暁明が、私を生きていると認識していたかのような。

だけど、そんなことはあり得ない。現に私は転生しているし、翠玉宮には私じゃない別の翠妃が住んでいる。

それに飛龍の涙。私が死んでいないのなら、あの涙はなんだというのか。

『陰暁明！　いい加減、私の質問に……』

「これ以上は、それがしの口から語るのは無粋《ぶすい》ですな」

頭上から降ってきた声に、私ははっとして顔を上げた。

先ほどまでの動揺の色はなく、暁明は普段の、胸の内の読めない笑みに戻っている。

それだけで、否応なく悟る。暁明から、これ以上情報を得ることはできない。

もどかしさに口を引き結ぶ私に、彼は穏やかに続けた。

「然《しか》れども。それがしから、翠花様にひとつ、あどばいすを」

『……何？』

「翠花様は眠り姫の寓話《ぐうわ》をご存知でしょうか」

『ねむりひめ？』

脈絡のないことを言いだした暁明に、私は目を瞬《またた》かせる。

彼はゆるやかで静かな笑みを浮かべた。

「大海の向こうの御伽噺《おとぎばなし》にございます。それがしも、偶然付き合いのある商人より聞き及んだにすぎぬので、知らぬを恥じる必要はございません」

『回りくどい。それが、何か関係があるの？』

私が睨《にら》むと、暁明はいっそ優しいとすらいえる声音で続けた。

「眠り姫。それは、呪いを身に受け眠りについた、美しい姫の物語です」

暁明によれば、姫と共に王や妃、家臣らも眠りにつき、王国は静寂に呑まれた。それから長くときが過ぎた頃、ひとりの王子が城を訪れる。王子は姫にひと目会いたい一心で、危険を顧みず城に入り、眠る姫の美しさに心奪われ、彼女に口付けた。その口付けが呪いを解き、姫や他のひとたちも目を覚ます。

「目覚めた姫は、呪いを解いてくれた王子を見初《みそ》めて、ハッピーエンド。ふたりは末永く幸せに暮らしましたとさ……。ざっくり言ってしまえば、そういう物語です」

弟子に教える老師のように、けれどもどこか面白がるように。暁明は言葉を紡《つむ》ぐ。

「わかりやすい大団円です。ですが、あえて野暮《やぼ》な文句をつけるならば、姫の意思はどこにありましょう。眠り姫は目覚めのキスの相手を選べない。望む、望まないにかかわらず、『真実の口付け』で呪いを解いた英雄を、姫に拒むことができましょうや」

『それって、どういう……？』

「翠花様は幸運と、それがしは申し上げているのですよ」

にこりと微笑《ほほえ》む暁明に、私は二の句が継げなかった。

困惑する私をよそに、彼が二本の指で何かの印を結ぶ。途端、暖かな空気が私の身体を包み込む。次の瞬間、濡《ぬ》れ細っていた身体がふわふわに乾いた。

「お時間です。続きは、どうかその目でお確かめを」

暁明が目を細めたとき、隣室から飛龍が入ってくる。

「こちらの準備は整った。お前はどうだ、暁明」

うわあ。

目に飛び込んできた姿に、私は思わず直前のやり取りのすべてを頭から飛ばしそうになる。それくらい、神事用の衣に身をつつんだ飛龍は眩《まぶ》しかった。

彼が纏《まと》うのは、真っ白の装束だ。

銀糸で細かく刺繍《ししゅう》がなされたそれは神々《こうごう》しく、飛龍の透《す》き通《とお》るような白肌をさらに際立たせる。一方で、普段はひとつに結われた長い襟足《えりあし》が首筋に揺れ、どきりとするほど清廉《せいれん》な色気を醸《かも》し出《だ》していた。

どこか凛《りん》と張りつめた空気を纏《まと》う飛龍を見て、暁明は私をそっと抱き上げる。

私を差し出して、彼は薄く笑みを浮かべた。

「問題ございません。お猫様も、それ、このように」

「……かまわないのか？　スイを連れていって」

「もちろん。これしきで、それがしの術は揺らぎませぬ」

自身満々に頷《うなず》く暁明に、飛龍もホッとしたように表情を緩める。

大きな手で受け取った飛龍は、ふわりと包み込むように私を抱き締めた。

「嬉しいよ。今年は、お前がそばにいてくれる」

やっぱり、告春花だ。

優しくて懐かしい、甘くて苦い香りがする。

同時に気づいた。飛龍の手は微《かす》かに震えていた。

飛龍は青みがかった瞳で私を覗《のぞ》き込《こ》み、こう告げた。

「おいで、スイ。お前に会わせたいひとがいるんだ」

五章　眠り姫の物語

「シャラン！」と、強く金属の音が鳴る。

禊《みそぎ》を終えた私たちを出迎えたのは、錫杖《しゃくじょう》を持つ太暦寮の術師たち。道を挟んで両側に並ぶ彼らを従えるように、中心には唯一、侍従である泰然が待つ。

泰然は私を抱いた飛龍に視線をやると、表情を変えることなく一礼した。

「参りましょう、我が君」

「ああ」

短く答えた飛龍の声は、僅《わず》かに硬い。

けれども私の視線に気づくと、少しだけ目を瞠《みは》った後、甘やかに微笑《ほほえ》んだ。

「心配するな、スイ。ありがとう」

私の頭をひと撫《な》でしてから、飛龍が歩き出す。

先導するのは泰然。その後ろを飛龍が歩き、暁明、太暦寮の術師と続く。すべて合わせると、ちょっとした行列だ。

彼らは一体、どこに向かっているんだろう。

私が生きていた頃は、神事は王宮の中でも政治の中心で多くの官人が出入りを許された本殿、もしくは、皇帝のおわす場である龍玉殿で開かれていた。

けれども彼らの足取りは、そのどちらからも遠ざかっている。

そもそも月詠の儀なんて儀式、聞いたことがない。翠花として生きていた頃には、なかった神事だ。

……なのに、なんでだろう。不思議と私は、彼らが向かう先がわかる気がする。

私の予想通り、一行は龍玉殿を出た。周囲は次第に、見慣れた光景になる。

もしかしてと思って静観していると、やっぱり翠玉宮に入っていった。

後宮内で執《と》り行《おこな》う神事。その種類は、かなり絞られる。

あり得るのは、その宮に住まう妃に関わること。たとえば、妃が子を宿した際の祈《き》祷《とう》や、厄《やく》除《よ》けなど。

しかし、これまでの話だと、月詠の儀は年に一度、定期的に開かれている。私が知る限り、後宮でその手のことが行われたことはない。

なんにせよ、ここまで来てしまった。

翠玉宮で開かれる以上、それは間違いなく、翠妃のための神事。

ついに私は、翠妃と会うのだろう。

李桜綾。私が生きていた頃は紅妃の地位にあった、飛龍の唯一の妃に。

「シャン！」と、ひと際大きく錫杖《しゃくじょう》が鳴る。

それを合図に、翠妃の住まう館に続く大扉が開かれた。

途端、私は目を奪われる。

「飛龍陛下のおなりである！」

泰然の声に応えて、女たちが一斉に手を合わせて頭《こうべ》を垂れた。

ずらりと並ぶ彼女たちは、翠妃の傍仕えの女官から下働きの侍女まで。およそ三十名はいるだろうか。色とりどりの着物を着た女官たちは華やかで、統一されたお仕着せを纏《まと》う侍女たちも洗練されている。

皇帝・飛龍の唯一の妃を守る、女たち。その誇りと自負が、彼女たちを輝かせる。

この光景こそ、現・翠妃の威光に他ならない。飛龍と現・翠妃である桜綾との仲睦《なかむつ》まじさを、ありありと見せつけられた心地がする。

いよいよ覚悟を決めたそのとき、私の目は一点に吸い寄せられた。

『……え？』

最前列に並ぶ女官たちの、その中央。女らを束ねる、翠玉宮における女官長が控えるべきその場所に、彼女はいた。

「待たせたな、桜綾」

飛龍の呼びかけに、彼女が顔を上げる。

利発そうな大きな黒い瞳に、可憐《かれん》な笑みを浮かべる桜色の唇。物怖《ものお》じしないその眼差《まなざ》しは、まっすぐに皇帝を映す。

「お待ちしておりました、陛下」

李桜綾。かつては紅妃の地位にあり、今は翠妃であるはずの彼女が、凛《りん》とした声で答える。

なぜ。どうして女官長の位置に桜綾が？

混乱する私をよそに、桜綾はにこりと気持ちのいい笑みを浮かべた。

「翠妃様も陛下のお越しをお喜びになるはずです」

＊　＊　＊

一体、何が何やら。

飛龍の膝に乗せられたまま、私はぽかんと事態を眺めていた。

「陛下。また一段と、細マッチョになりましたなあ！」

「もう。お止《や》めなさい、父上！　ごめんなさいねえ、飛龍陛下。今年も父が自由奔放《ほんぽう》でっ」

「それが義父上《ちちうえ》のいいところですからなあ。ああ、しかし、婿殿《むこどの》。義父上《ちちうえ》の言葉に気分を害されたら、後でこっそり私に教えてくだされ。妻からきつーくお灸を据《す》えてもらいましょう」

「言うようになりましたなあ、陛下！　おっと！　ただ陛下とお呼びするだけでは、どちらの陛下かわかりませぬなあ！」

ガハハハと、耳に馴染《なじ》みのある豪快な笑い声が響く、翠玉宮の大広間——声の主は、珀虎国の伝説の英傑にして、今は御隠居爺《ごいんきょじい》の炎徳《おじいさま》だ。

「なんでいるの⁉」と叫びたくなるが、それだけじゃない。

お爺様《じいさま》の隣に座るのは珀虎国の王妃《かあさま》だし、飛龍の隣には珀虎国の王《とうさま》もいる。

……懐かしい。まさか会えると思わなくて、涙が滲《にじ》みそうになる。

会うのは龍華国に嫁《とつ》いで以来だから、十年近く経つんだろうか。

母様も父様も少しだけ皺《しわ》ができたけど、母様は相変わらず溜息《ためいき》が出るほど綺麗だし、父様もふくふくとお元気そうだ。お爺様《じいさま》に至っては、ますます精悍《せいかん》になられたんじゃない？

　優しく穏やかな父様と、怒ると怖いけど、愛情たっぷりに私たちを愛してくれた母様。そして、幼い頃たくさん遊んでくれた、大好きなお爺様《じいさま》。龍華国で寂しい思いをしていたとき、何度、家族に会いたいと願ったか！

　それはそれとして。どうして私の家族が翠玉宮に集まっているのかは、相変わらず謎だ。

肝心の翠妃様はいまだ姿を見せないし、桜綾も部屋の隅に控えている。私の家族もそれに気を留める様子がない。

私だけが状況を掴めずに置いてきぼり状態だ。

こんなことなら、さっきもっと徹底的に暁明を問い詰めておくんだった。

困惑する私をよそに、飛龍が口火を切る。

「申し訳ありません、義父上《ちちうえ》、義母上《ははうえ》。そして爺様《じいさま》。今年もまた、我が国に足をお運びいただくことになり。……私はまた、役目を果たせなかった」

苦渋を滲《にじ》ませて、飛龍が頭を下げる。

また不思議な単語が飛び出してきた。龍華国の皇帝である飛龍が、珀虎国の両親に詫《わ》びるような役目？　そんなもの、あるだろうか。龍華国のほうが珀虎国よりもよほど大きくて力もあるから、政治がらみではない気がする。

首を傾《かし》げる私をよそに、母様たちは笑って首を横に振った。

「そんなことはありません。貴方があの子のために多大な心を砕いてくださっているのは、私たちもよくわかっていますよ」

「それに婿殿《むこどの》、いや。飛龍陛下も、私たちは本当の息子のように思っているよ。もちろん勝手にだけど」

「……ありがとうございます」

母様に続いて、父様も頷《うなず》く。飛龍は目を瞬《またた》かせた後、ちょっぴり泣きそうな顔で微笑《ほほえ》んだ。

飛龍の父上は、まだ飛龍が幼い頃に亡くなったし、母上の仙月様も龍華国に戻った後で亡くなられた。前帝の空龍様も含めて、兄弟姉妹も亡くなるか身体を壊して田舎《いなか》に引きこもってしまわれている。飛龍の周りには、血の繋がった家族がいない。

だからというわけではないけれど、父様も母様も、そしてお爺様《じいさま》も、隣国で皇帝となった飛龍を本当の息子のように案じていたっけ。

それはもちろん、飛龍が幼い頃の数年間を珀虎国の王宮で過ごしたから。私と一緒に王宮を駆け回る彼を、父様も母様もとても可愛がっていた。

お爺様《じいさま》は……その屈強な見た目から、初めだけちょっぴり飛龍に怖がられていたけど、稽古をつけているうちに、かなり打ち解けていた。

今の飛龍の表情を見ると、私たちの思いは一方通行じゃなかったのかもしれない。飛龍も珀虎国を第二の故郷のように思っているのかも。そんな気がした。

「こうして集まるのも六回目。もう六年の月日が流れたんですなあ」

しみじみとお爺様《じいさま》が辺りを見渡す。

……六年前というと、ちょうど私が命を落とした頃だ。暁明が翠玉宮に現れたあの日も、今日みたいに空気が凍《い》てつき、空には粉雪が舞っていた。

もしかすると。ううん。もしかしなくとも。月詠の儀は、私――琳翠花に関係があることなのだろうか。

私が違和感を覚えた瞬間、端に控える暁明がにこりと一礼した。

「流れた月日に思いを馳《は》せ、次の月日に願いを託す。それが月詠の儀の由来なれば」

顔を上げた暁明が、ちらりと桜綾に目配せする。それが合図になったかのように、奥の襖《ふすま》が開く。そこには膳を手に並ぶ侍女たちがいた。

「まあまあ。何はともあれ、心ひとつに。まずは共に杯を交わそうではありませぬかっ」

そんなこんなで、よくわからない間に、飛龍と珀虎国王室の謎の宴が始まった。

宴と呼ぶほど派手ではなく、しかし、手の込んだ美しい料理たちが白磁の皿に並ぶ。それらを思い思いに楽しみながら、奇妙な時間が平和に流れる。

「スイは大丈夫かな。今日はかなり大人しいが」

「たくさんのひとに囲まれて、お猫様もびっくりされたのでしょう。大丈夫、じきになれますよ」

私がいつになく動かないので、心配になったのだろう。遠くから見ていた飛龍が形のよい眉を八の字にさせる。そんな彼に、泰然は苦笑して答えた。

このふたりは、まあ、いいや。いつものメンバーだし、安心感すら覚える。

やっぱり気になるのは、他の参加者たちだ。

「いやはや。龍華国の酒は、誠に絶品ですな！」

「あまり酒が進んでは、肝心の儀式の合間に寝てしまいますよ」

杯を片手に豪快に笑うお爺様《じいさま》と、にこにこと杯を傾ける父様。

「まあまあ。陛下のお猫様、なあんて可愛いんでしょう！」

「ほんとですねえ。真っ白くて、ふわふわしてて……心が癒《いや》される！」

気心の知れた親友のように、きゃっきゃと盛り上がる母様と桜綾――

いや、おかしくない？

私の記憶にある限り、母様と桜綾に面識はない。それどころか、桜綾にとって母様は恋敵の母親だし、母様にとって桜綾は実の娘の仇《かたき》だ。過去五回の月詠の儀でどんなやり取りがあったのか知らないけど、仲良くなれる要素がひとつも見当たらない。

ちなみに私がいるのは、母様の膝の上だ。さっきからひたすら、桜綾と母様ににこにこと撫《な》で繰《く》り回《まわ》されている。

「ああ……、肉球の柔らかさよ……。うちの凛々《りり》もちっちゃい頃はこんな感じに、やわらかーいあんよをしてたのよねえ」

「凛々ちゃんって、珀虎国の王宮で飼っている虎ちゃんでしたよね。いつか会ってみたいなー」

ああ、よかった。凛々元気なのね。あの子の白い身体に抱き着いて思いっきり吸い込むと、それはそれはお日様の香りがして……じゃ、なくて。

桜綾って可愛い女の子って印象だったけど、案外肝が据《す》わっているのかしら。私は昔から身近に虎がいる生活だったから慣れているけど、普通のお嬢さんは目の前に虎がいたら、卒倒しちゃうと思うのだけど。

「桜綾ちゃんは、見かけによらず猛獣好きよね。恋愛スタイルも肉食系だし」

「はい！　運命の相手が草食系だったので、こっちからガウガウ食ってやりました」

満面の笑みで爪を立ててみせる桜綾と、「そうだったわねえ」と大ウケする母様。

……その奥で、なぜかぷるぷると震えている泰然と、同情するような目をして泰然の肩にポンと手を置く飛龍。

ダメだ。色々とカオスで、何ひとつ状況がつかめない。

いよいよ頭が痛くなってきた私は、説明を求めて暁明を睨《にら》んだ。

この中で唯一、私の中身が翠花だと気づいている奴のことだ。前世にゆかりの深いひとたちの中に放り込まれて私が困惑しているのを、高みの見物で楽しんでいるに違いない。

私の視線に気づくと、暁明はぱちくりと瞬《まばた》きした。かと思えば、案の定、ことごとく性悪な笑みを浮かべて、次のように口パクする。

(ドッキリ大成功、ですぞ)

大成功ですぞ、じゃ、ないわよ！

あんにゃろめ、やっぱりこの状況を楽しんでいた。かくなる上は、お望み通り、猫地獄なもふもふ祭りで暁明をもみくちゃにしてやろうかしら──

私が思いつく限りの罵詈雑言《ばりぞうごん》を頭の中でぶつけていたそのとき、さらなる衝撃のひと言を母様が放った。

「そういえば桜綾ちゃんと泰然さんに、ふたり目の赤ちゃんができたのよね。おめでたい知らせを聞けて嬉しいわ」

『あ、赤ちゃん⁉　桜綾と、泰然に⁉』

「くっ、ぷぷぷ……」

変な叫び声が出た私と、それを聞いて噴き出す暁明。

悔しいなあ！　まんまと思惑《おもわく》通り驚かされて、望んだ通りの反応をしちゃったようで！

けど、桜綾と泰然の赤ちゃん、それもふたり目⁉　さっき話していた「桜綾がガブガブしてやった草食系」って、まさか泰然なの⁉

泰然と桜綾って、同じ李家だったんじゃ……

そう考えたところで、思い出した。泰然は李大臣の妹の子、つまり桜綾の従兄弟だ。ここ龍華国では従兄弟同士の結婚は認められている。

だけど、私が生きていた頃には、桜綾は飛龍の妃だった。龍華国のように後宮制度を採用する国で、皇帝が妃を家臣に下賜《かし》するのは、聞かない話でない。とはいえ、あんなに頻繁に飛龍が足を運んでいた桜綾が、その対象になるとは考えづらかった。

衝撃を受ける私の視界の隅で、暁明が声を押し殺して笑い転げている。

もういいよ！　思う存分笑っていいから、ほら説明！

散々睨《にら》みつけたのが効いたのか、暁明はひいひい息を整えながら桜綾を見た。

「……くひっ……よ、桜綾殿は、周大臣の処刑がなされてすぐ、後宮を辞して泰然殿に嫁《とつ》がれたんでしたなあ」

久しぶりに第三者の口から聞いた話に、どきりと胸が鳴る。

周大臣。私の後宮入りを後押しし、この国に嫁《とつ》いでからも私の後見人として、色々と世話を焼いてくれていた、龍華国の権力者。

いかにも切れ者めいた鋭い瞳と、細身の身体が脳裏に蘇《よみがえ》る。

処刑……処刑と言った？

たしかに、私が死んだことで李大臣の娘である桜綾が内実共に後宮を制し、周大臣と李大臣の権力闘争は李大臣の勝利に終わったはず。

けれども、だからといって、あんなに国を支えていたひとを処刑するものなの？　どうして、なんで。混乱する私をよそに、桜綾は「何を今更？」といった表情をする。それでも彼女は、不気味なくらいにこやかに頷《うなず》いた。

「ええ。だって私と陛下の結婚は、周大臣の悪事を暴くまでの、契約結婚でしたから！」


〝――はじめまして、琳翠花様。私は龍華国第六十二代皇帝、飛龍陛下の左の丞相《じょうしょう》、周藍憂《ランユウ》と申します〟

初めて会ったときのことが瞼《まぶた》の裏に蘇《よみがえ》る。周大臣は龍華国からの特使として、突如、珀虎国を訪れた。

彼の名前は珀虎国でも聞いていたし、龍華国皇帝の玉璽《ぎょくじ》が押された、特使であることを示す書類も持っていた。だから喜んで王宮に招き入れられたし、私への使いということで、疑いもなく周大臣と会ったのだ。

姿を見せた周大臣は、私にこう話した。

皇帝・飛龍陛下は、翠花様を妃の最高位である翠妃にと望んでいる。皇帝は若く、内外を固めるために奔走《ほんそう》している。先帝、他の皇族を相次いで亡くした混迷の中、龍華国と珀虎国の友好を示すことは政治的にも好ましく、周大臣としても琳翠花《わたし》を、ぜひに翠妃として推薦したい、と。

謎の流行り病《はやりやまい》により空龍様が急逝《きゅうせい》し、ほかにも不幸が相次いで、龍華国が混乱の中にあるという話は、私も知っていた。そんな中、本来皇帝の座に収まる予定のなかった飛龍が皇帝となり、皆をまとめるのに苦労しているとも。

〝先だって、取り急ぎ右の丞相を務める李大臣の娘が紅妃に上がり、少しは国内に基盤が築かれました。しかしながら、いまだ飛龍陛下の足元は十分に固まったと言えません。どうか。どうか飛龍陛下のため、翠花様のお力をお貸しくださいませ〟

切々と訴える周大臣の言葉に、私の心は揺れた。

飛龍のたったひとりのお嫁さんになりたい。小さい頃の夢は、いまだ胸の奥に火を灯している。

そして、差し出された手を取った先で、飛龍が戦っている。尊敬する兄様を喪《うしな》った悲しみに暮れる間もなく、国を変えるという幼い日の誓いに奔走《ほんそう》している。

——白状しよう。私はそのとき、酔ったんだ。

どんな形であれ、飛龍の力になれるなら。

どんな形であれ、幼い日の約束を果たせるなら。

そんな『救世主』めいた思考に溺《おぼ》れながら、その実、初恋のひとと結ばれるという事実に浮かれた。飛龍と結ばれることが彼を助けることにも繋がるという、運命的な巡り合わせに胸を躍らせた。

結局のところ、私は恋に恋する十四歳の小娘にほかならなかった。

「……周大臣、か」

どこか遠い目をして、父様が虚空《こくう》を眺める。

それが合図になったかのように、宴の席に重い空気が流れる。

「あれは本当に、怖い男でありましたな」

周大臣をそう称した父様に、私は引っ掛かりを覚えた。

皇帝に次ぐ権力を持つ、龍華国政界の最高位である左丞相。長らくそれは、周家の者が務めてきたと聞く。

周大臣もまた、厳しいひとではあったと思う。切れ者で、ときに容赦なく。皇帝ですら一目置く、龍華国の影の権力者。

彼が丞相の地位についたのは、さかのぼれば飛龍の父君、つまり先々代の皇帝の時代だ。先々代が亡くなり、空龍様が皇帝になったときもその地位は変わらず、丞相として若き皇帝を支えていたと聞く。

きょとんとする私を見かねたのだろう。暁明がそれとなく、父様の後を引きついだ。

「まったくです……。まさか先代、続く皇族を中心とした相次ぐ不幸が、周大臣の策謀によるところだったなど」

『……え？』

嘘。あの、周大臣が？

私は耳を疑ったが、ゆるゆると首を横に振る泰然が、それを許してくれなかった。

「空龍陛下の暗殺に、自分の意のままに操れない高官や皇族の密《ひそ》やかな粛清《しゅくせい》……。間違いなく、我が龍華国の長い歴史に残る悪行と言えますね」

「我々も耳を疑いました。まさか龍華国で、そのような非道が行われていたなど」

「だが、まぎれもなく周大臣は非道に手を染めていた」

ギリッと。歯を食いしばる音に顔を上げると、それは飛龍だった。いまだ収まらない怒りの炎を昏《くら》く瞳に宿し、床についた手を握り締めている。

――その後の話を整理すると、つまりこういうことらしい。

突如として皇帝の座が巡ってきた飛龍は、軒並《のきな》み病気で倒れた兄たちに、疑問を抱いていた。何より疑問だったのは、彼が最も尊敬し敬愛した人物、空龍陛下の死だ。

空龍陛下は、数年前から身体を壊しがちになり、飛龍も心配していた。けれども元来は身体が強いほうだったし、病気にしてもすぐに全身を蝕《むしば》むようには見えなかった。

それが最期《さいご》のひと月に転がり落ちるように悪化する。

そのことについて飛龍が主治医に尋ねても、「新種の病《やまい》であり、解明が難しい」と明確な答えが得られない。何かフツフツと、予感のようなものが彼の胸の底で渦巻いた。

それからしばらく経ち、飛龍が皇帝になってすぐだ。右丞相の李大臣、ならびにその娘の桜綾から、契約結婚を持ち掛けられたのは。

「父はかねてから周大臣の丞相としての在り方に疑問を抱いていました。先々代の皇帝――飛龍様の父君、龍嵐《リュウラン》様の頃からです。その……周大臣はまるで、自らが皇帝であるかのように、この国を牛耳《ぎゅうじ》っていましたから」

ともすれば、先々代を批判することになるからだろう。少しばかり言いにくそうに、桜綾が告げる。けれども飛龍は、気分を害するどころか大きく頷《うなず》いた。

「それはひとえに父が晩年、放蕩《ほうとう》にふけり国政の何もかもを投げ出したせいだ。……思えばそのとき、図らずも手に入れた地位が周大臣をくるわせたのだろうな」

周大臣は最初からその地位を望んだわけではなかったに違いない。

けれども、国を掌握《しょうあく》したという全能感。実質的な最高権力者という甘美な響き。それが、不幸にも彼の野心に火をつけた。

ほどなくして、龍嵐陛下が亡くなる。そして若く賢く、国を背負うだけの覚悟を持った若者が、新たな皇帝となった。

周大臣にとっては残念なことに、空龍陛下は彼の傀儡《かいらい》とはなってくれなかった。

「幼心にも覚えている。空龍兄と周大臣は意見が合わず、よくぶつかっていた。といっても、傍目《はため》には悪くない関係に見えたんだ。若く急進的な皇帝とそれを諫《いさ》めつつ補佐する重鎮の丞相。互いにバランスを保ち、うまくやっていると思い込んでいた」

けれども周大臣は、「思い通りにいかない皇帝」に煮えくり返る思いを抱いていた。

それはやがて静かな殺意に変わり、やがて越えてはならない決定的なラインを越える。

「空龍陛下の死はもとより、その後に続いた不幸についても、不可解な点が多かった。けれども、もとより左丞相という地位は揺らぎようのないものであり、流行《はや》り病《やまい》を経て、周大臣の権力はますます決定的なものとなる。――だから父君は、自分と同じく空龍陛下の死に疑問を抱いていた飛龍陛下に、協力を持ち掛けた。そうでしたね、桜綾殿？」

目を細めて問いかける――ふりをして、どうやら私に事《こと》の次第を説明してくれているらしい暁明。そんな彼に、桜綾は不思議そうに眉根を寄せる。

「その通りですけど……。なんか変ですね、今日の暁明様。どうして今日は、誰かに説明するみたいに、昔のおさらいばかりするんですか？」

「いーえいいえ！　月詠の儀は六年前を振り返るという意味もございますし？　一応、改めて昔を整理してみた次第にて！」

あまりに雑すぎる誤魔化《ごまか》しをする暁明……は、いいとして。

桜綾の後宮入りが、周大臣の悪事を暴くという、李家と飛龍の共同戦線の印として行われたものだとしたら。

周大臣が私を翠妃にと後押しした意味が変わってきてしまう。

単なる後宮でのパワーバランスを踏まえ、李桜綾の対抗馬として呼んだだけじゃない。当初話していたような、国外の地盤固めとも違う。

もっと周大臣にとって個人的な……それこそ、彼に疑いの目を向けていないと気づけないような。

「──だがそのせいで、周大臣にスイを人質にされてしまった」

薄々頭に浮かびつつあったそれが、飛龍のひと言により決定的となる。

苦しげに表情を歪《ゆが》めた飛龍は私の家族に向きなおると、深々と頭を下げた。

「私が李家と近づいたことが、周大臣を刺激した。結果、私たちを牽制《けんせい》するという目的で周大臣が翠花を手元に置くことを許してしまった。……すべて、私の責任だ」

「陛下のせいではありません！」

勢いよく首を横に振って、桜綾が身を乗り出す。飛龍の隣でも、泰然が苦虫を噛《か》み潰《つぶ》したような顔で続けた。

「あれは、李家が招いた事態です。周大臣が我々を警戒しているのを知りながら、翠花様に手を回していたことに気がつけませんでした」

「それを言うなら、私たちも同じです。龍華国の特使だと言って翠花を迎えに来た周大臣を、我々は疑いもしなかった。今思えば不自然なことだらけだったのに、娘が幸せになるならと、翠花を送り出してしまった」

父様、続いて母様も暗い表情に変わる。

たしかに……私の龍華国への輿入《こしい》れは、少しばかりおかしな流れだった。

後宮入りに頷《うなず》いた私を、周大臣は「一日でも早く龍華国へ」と急《せ》かした。当時は龍華国内部の混乱を収めるためだと納得したけど、嫁入り準備が整う前に龍華国入りするというのは、普通は考えられないことだ。

それから龍華国入りした私がまず通されたのは、周家が都郊外に構える大屋敷。そこでひと月ほど過ごした後、改めて翠妃として翠玉宮に上がった。

あれは、琳翠花は周家の手の内にあると、飛龍や李家に向けてアピールするためだったというの……？

でも、だって。

次々に明かされる衝撃の事実に頭の中がパンクしそうになったそのとき、パンと乾いた音が響いた。

つられてそちらを見ると、お爺様《じいさま》が手を合わせている。

「儂《わし》らは反省会をするために集まったか？　それとも傷を舐《な》め合《あ》うためか？　いいや。己《おのれ》を責めるのも己《おの》が罪を告白するのも、六年前にやり尽くした。そうではありませぬか？」

「炎徳様の仰《おっしゃ》ることも、ごもっともです」

大きく頷《うなず》いたのは暁明だ。皆の視線を集めて、彼は例の胡散臭《うさんくさ》い笑みを浮かべる。

「過ぎた日々を想い、未来に願いを託す。月詠の儀の趣旨を思えば、そろそろ未来について頭を切り替えるべき頃合いではないかと。……それとも皆様。既《すで》に諦めておいでなら、もう潮時、と解散いたしますか？」

煽《あお》るように彼が告げた途端、広間に一種の緊張のようなものが走った。

ある者は回答を避けるように目をそらし、ある者はじっと微動だにせず目を閉じて。迷いと葛藤《かっとう》、そして一縷《いちる》の希望。そういったものが、複雑に入り乱れる。

そんな中、飛龍が僅《わず》かに顔を上げた。

「……言ったはずだ。六年前、俺の世界からは光が消えた。そこに希望はなく。怒りと絶望だけが満ち。ひたすらに己《おのれ》を呪い生きてきた。だが今日は。月詠の日だけは。己《おのれ》を棚に上げ、許しを請《こ》い、神に縋《すが》るとそう決めた」

強い、強い言葉。

決して声を荒らげていないのに、その奥に燃える青白い炎を思わせる。

敢《あ》えて名付けるなら、きっと『執念』と呼べるもの。

そうして飛龍は、切れ長の目で暁明をまっすぐに見据《みす》える。

「何をしようと。何を喪《うしな》おうと。俺は必ず、翠花をこの手に取り戻す。——暁明。お前には、身体を引《ひ》き摺《ず》ってでも最後まで付き合ってもらうぞ」

「……よいお覚悟です」

飛龍の返事に満足したように、暁明は目を細める。と思いきや、にやりと怪しげな笑みを浮かべると、母様の膝からひょいと私を持ち上げた。

あろうことか、彼は私をぽーんと空中に放り投げる。

「というわけで、よい頃合いです！」

『きゃう⁉』

「おい暁明、馬鹿、何をする！」

鞠《まり》のように飛んだ私に、飛龍が仰天して両手を広げた。くるりと空中で一回転した私の身体は、すぽんと飛龍の腕の中に収まる。

よかった、地面に落っこちなくて安心……じゃ、なくて！　いきなり何してくれんの、暁明！　今すっごくシリアスな流れだったじゃん！　なに突然、私を放り投げてくれちゃってんの！

「大丈夫か、スイ？」

足をぴたーんと身体につけたまま固まる私を、飛龍が心配そうに見下ろす。すると、母様が耳ざとく明るい声をあげた。

「まあ！　この猫ちゃん、スイちゃんというの？」

「あ、いや、これは……」

幼馴染《おさななじみ》の愛称を愛猫《あいびょう》に付けていたのが相手の親にばれて、さすがの飛龍も恥ずかしかったのだろう。打って変わって慌てるが、時既《ときすで》に遅し。さっきまでの昏《くら》い雰囲気もなんのその、母様がふふふと微笑《ほほえ》んだ。

「この子の瞳は翠花の目の色にそっくりですものね。飛龍陛下は珀虎国にいらしたときから翠花にぞっこんでいらしたので、この子の目を見てすぐに翠花を思い出してくださったのね」

「面目ありません……」

「ふむ、よいのではないですかな。父親としては少々複雑ですが、翠花はずーっと昔から、飛龍陛下ひと筋ですから。片時も忘れず、飛龍陛下が翠花のことを想っていることがあの子にも伝わり、きっと喜ぶでしょう」

「お恥ずかしい限りです……」

私の両親に生温かい目を向けられて、飛龍が小さくなる。龍華国では見慣れない光景だから面白くはあるけれど、なんだか私までつられて恥ずかしくなる。

もじもじする飛龍に笑ってから、炎徳お爺様《じいさま》がふっと優しい表情になった。

「やはり翠花と飛龍陛下には、幸せになってもらわねばなりませんな」

その言葉に、父様と母様、泰然と桜綾まで頷《うなず》く。

彼らの想いすべてを背負って、暁明が片方の手を飛龍に差し出した。

「始めましょう、我が君。六度目の月詠の儀を」

――そして私は、彼女に会う。

「話は何度もしたが、直接会うのは初めてだな」

私の家族や、太暦寮の術師たちを広間に残し、翠玉宮の深部へ。背後で暁明がパタリと引き戸を閉めたのを合図に、飛龍は腕に抱く私を見下ろし、柔らかく微笑《ほほえ》んだ。

思えば、予兆はあった。

行事に顔を出さない翠妃。皇帝の唯一の妃という美談。なぜか集められた私の家族。眠り姫の物語。

そして、初恋だったという言葉。

だけど。だったら、私は――

「紹介しよう、スイ。――我が愛。我が唯一の妃にして、俺が生涯をかけて取り戻すことを誓ったひと。彼女こそ、俺のすべてだ」

琳翠花。

私が、寝台の上に眠っていた。

＊　＊　＊

遠いところで、読経のような唄《うた》のような不思議な声が響いている。

声の主はおそらく暁明。

ついに月詠の儀が始まったのだろう。他の術師らの声も重なり、窓や障子の向こうにチラチラと灯が揺れているのがうっすらと見える。

そんな中、飛龍はゆっくりと部屋の最奥にある寝台に近づいた。

「こんにちは、スイ。また来てしまった」

微笑《ほほえ》む飛龍の声は優しい。

この場合のスイは、寝台に横たわるほうの私だ。……私、で、いいんだよね？

困惑する私を抱えたまま、飛龍は寝台横のイスに腰掛ける。まるで壊れものを扱うみたいな慎重な仕草で、眠る琳翠花の頬をそっと撫《な》でた。

「君はもう、俺の顔を見飽きたかもしれないな。父君も、母君も。みんな君に会いに来てくれている。祈祷《きとう》が終わるまで、もう少しだけ我慢していてほしい」

人形、ではない。もしかして、私のそっくりさん……というのも、無理がある。

「そうだ。今日は、君に会わせたい子がいるんだ。ほら。子猫のスイだよ」

茫然《ぼうぜん》としている間に、飛龍にひょいと寝台に乗せられた。

飛龍からすれば、愛猫《あいびょう》をようやく妻に紹介できたといったところか。

私は恐々と、琳翠花《わたし》の顔を覗《のぞ》き込《こ》む。

……────うん。私だ。

紛《まご》うことなく、見間違えることもなく。目の前にいるのは記憶にあるのと同じ、十七歳でときが止まった私だ。

こんなの、あり得ない。最後に覚えているのは、呪術に身体が搦《から》め捕《と》られていく感覚と、真っ暗に溶けていく意識。

あれは『死』だった。あのとき間違いなく私は死んだ。だから、こうして猫に転生までした。

……だけど、目の前の『私』は？　もし寝台に眠る『私』が本物の琳翠花だとしたら、今ここで悩んだり、混乱している私は何者なの？

なんで。どうして。一体、何が。

不安で。怖くて。足元がガラガラと崩れていくような心地がした。

だけど。

「────……っ」

大切に、愛《いと》おしげに。飛龍が『私』の手を取る。夜空の色をした美しい髪をはらりと揺らし、長いまつ毛を伏せて、飛龍が『私』の手に口付ける。

その姿は神々《こうごう》しいほどに美しく、それでいて背筋が震えるほどに官能的で。なぜか見てはいけないものを見てしまった気がして、私はドギマギと目をそらした。

ゆっくりと瞼《まぶた》を持ち上げた飛龍は、誓うように白い手で『私』の手のひらを包む。

「スイ。俺を嫌いでいい。憎んでくれていい。許せとは言わない。許してくれとも願わない。だから、後生だから――」

戻ってきてくれ、スイ。

祈るように、囁《ささや》くように、希《こいねが》う飛龍に、私の胸はぎゅっと締め付けられた。

わからないことだらけだけど。不思議なことばかりだけど。翠花に会いたいという言葉に偽《いつわ》りなく、彼が六度目の今日を迎えたことだけはわかる。

不器用なほど優しくて、まっすぐで、温かいひと。

私が大好きだった飛龍は、消えてなんかいなかった。彼はずっとそばにいたのに、私がそれに気づけなかった。

〝大きくなったら、結婚しようね〟

そう約束を交わした幼馴染《おさななじみ》は、ちゃんと目の前にいたんだ。

そう思うと、じわりと視界が涙で滲《にじ》む。

飛龍。飛龍。

どうして私、人間に生まれ変わらなかったんだろう。どうして私、あのとき死んでしまったんだろう。

たくさん聞きたいことがあるのに。たくさん伝えたいことがあるのに。

貴方に言葉を伝えられないことがもどかしい。

貴方の涙を拭えないことが悔しい。

人間だった頃の身体を、前にしたからこそ願う。

もう一度。もう一度だけ、琳翠花として目を覚ますことができたなら――

全身を焼き尽くすような強い願いが、小さな身体の中を駆け巡った。

そのとき、部屋の四方から銀色に輝く文字のようなものが床を這《は》って到達し、絹の寝具を上って私を取り囲んだ。

「っ、な！　スイ⁉」

仰天した飛龍が、光の向こうで立ち上がる。彼が手を伸ばすが、私の視界は眩《まばゆ》い光に呑まれ、世界が真っ白に塗り替えられた――

そして私は、光の洪水の中でハッと目を見開いた。

『堪《こら》えてください、我が君！』

目を瞬《またた》かせる私の耳に、聞き覚えのある声が飛び込んでくる。驚いてそちらに視線をやると、ぼんやりと浮き上がる霞《かすみ》の奥に、頭を抱える飛龍と、それを宥《なだ》める桜綾と泰然の姿が見えた。

『堪《こら》えることなどできるか！　スイが周大臣の屋敷に囚われているんだぞ……。兄や多くの者を手にかけた周大臣だ。俺を意のままに操るため、スイに一体何をするか！』

『まだなりません！　周大臣を追い詰めるには、証拠が不十分です。焦《あせ》って動けば、却《かえ》って翠花様の身を危険にさらすことになりましょう！』

『だが！』

『機を待つのです、我が君』

飛龍の姿は、今よりもずっと若い。

ぐしゃりと髪をかきむしる飛龍に、泰然が必死に言いつのる。

『過去の悪事の証拠が揃えば、周大臣を翠花様から引き離す算段も立てられましょう。ですから、どうか。それまでは。翠花様に関心を示さず、近づかず、興味がないと示すのです。翠花様に利用価値はない。そう周大臣に思わせるために！』

『こうしている間にも、翠花が傷つけられるかもしれない……！』

『周大臣は賢い。せっかく手に入れた駒を、無意味に壊すはずがありません。――それとも、降りますか？　空龍様を亡き者にした、あの者を。己《おのれ》の権威のためなら何者をも食い物とする彼《か》の者を。この先も、のさばらせるというのですか！』

ギリと、歯を食いしばる音がした。握り締められた手は白く、飛龍の強い葛藤《かっとう》が見ているだけで伝わってくる。

愛する兄を殺されたのだ。兄と一緒に守ると誓った国を、民を、脅《おびや》かされているのだ。弟として、皇帝として。飛龍には、貫《つらぬ》き通《とお》すべき正義があった。

『……スイ。すまない、スイ。だけど、俺は必ず……』

すぐに助けられないことを指してか、それともこれから行う仕打ちに対してか。

絞り出すような声で、飛龍はそう呻《うめ》いた。

場面が変わる。

『飛龍！』

式典用の正装に身を包む飛龍が、びくりと肩を震わせた。

苦悶《くもん》と、喜びと。相反する二つの感情に、飛龍はしばし葛藤《かっとう》する。やがて無表情の仮面をつけて振り返った彼の視線の先にいたのは、やっぱり私だ。後宮に入ってすぐの頃の、琳翠花《わたし》がいた。

ああ、そうだった。こんなふうに、私は飛龍と再会したんだった。

ツンと鼻の奥が痛くなる私の視線の先で、十四歳の私が、目をキラキラさせて飛龍の前に進み出る。

皇帝に正式な謁見《えっけん》を済ませていない妃が、自分から皇帝を呼び止めるなんてもってのほかだ。だけどあのときの私は、飛龍に会えたのが嬉しくて、懐かしくて、思わず声をかけてしまった。

『フェイ……陛下。おひさしゅうございます。珀虎国の、琳翠花にございます』

喜びに頬を染めて、琳翠花《わたし》が膝を曲げる。

あのときは拒否されるなんて夢にも思わなかった。なかなか顔を見せないのはきっと忙しいだけで、会えば昔と同じに笑いかけてくれると信じて疑っていなかった。

そんな私に、飛龍は唇を噛んでから、ふいと目をそらす。

『私が珀虎国を離れて以来だな』

『はい！　陛下は随分と立派になられて……』

『君が不自由なく暮らせるよう、私も手を尽くそう。では』

そっけなく告げて、くるりと背を向ける。

十四歳の私は、ショックを受けてその場に立ち尽くす。だから、私の中にある記憶はここまでだ。

足早に立ち去った飛龍は、とっさに物陰に隠れた。そして、へなりとその場にしゃがみこむ。

『我が君！　いかがなさいましたか！』

主人の異変に気づいた泰然が、慌てて駆け寄った。触れようとする侍従に、飛龍は俯《うつむ》いたままモゴモゴと答える。

『……どうしよう。記憶の何倍もスイが綺麗になってる』

『は？』

『彼女に気がないふりをするなんて無理だ……』

顔を覆い、頬を染めて、そんなことを呟《つぶや》く。

年相応の少年の顔で照れるのが可愛くて、私は思わず笑ってしまった。

だって、知らなかった。あんなにそっけなかったのに。あんなに涼しい顔をしていたのに。

たのに。裏では、まさかこんなことを考えていたなんて。

『スイを抱き締めたい。抱き締めて、君を必ず救い出すから待っていてほしいと伝えたい。……泰然。なんとか人目のないところに、彼女を呼び出せないかな』

『無理ですよ！ 翠妃様の周りは、女官長から末端の侍女に至るまで、すべて周大臣の息がかかっているのです。そんなことをしたら……』

『わかっている』

不貞腐《ふてくさ》れたように飛龍が顔をしかめる。それから、ぐしゃりと髪を掴んで俯《うつむ》いた。

『わかっているけど、言ってみただけだ』

月日が流れる。

走馬灯のようにすぎゆくのは、私の知らない彼の物語。

文をしたためようとして、悩んだ末に紙を破り捨てる飛龍の姿や、式典で周囲に気づかれぬよう気をつけながら、琳翠花《わたし》の様子をうかがう飛龍の姿。

庭園で。執務室で。密《ひそ》かに李家の者たちと会合を重ねた桜綾の住まう紅玉宮の一室で。時折飛龍は、遠い目をして誰かを想う。

手を伸ばせば届くほどの距離にいたのに。一歩踏み出せば、声をかければ、交わるような道を歩んできたのに。

どこまで行っても重ならない。意図的に重ならないように、飛龍が注意してきた道。

それでも。触れ合うことも、声を交わすこともなかったけれども。

飛龍はいつだって、心の片隅に私を住まわせていた。

――そして、ついに運命の歯車が転がり出す。

『……今、なんと言った？』

季節は秋だろうか。窓から見える庭の木々は赤や茶色に色づいており、ハラハラと風に枯葉が舞っていた。

そんな中、飛龍の表情は硬く、蒼白《そうはく》といっていいほどに青ざめている。絶句したまま凍り付いた彼に代わり、後ろに控える泰然が、両手を合わせて恭《うやうや》しく頭を下げる暁明に先を促《うなが》した。

『誠なのですか？　翠妃様の身に危険が迫るというのは』

『それがしが見間違えると思いますか、泰然殿』

見たことがないほど真面目な顔で、暁明が答える。

『ついに周大臣は痺《しび》れを切らしたのでしょう。占術の結果はもとより、先だっての紅葉の宴の折、翠妃様の相を直接確かめたので間違いありません。先帝、空龍様やほかの皇族を襲ったのと同じ。近々、原因不明の病《やまい》が、翠妃様を蝕《むしば》むでしょう』

『すぐに衛兵の手配を！』

ガタリと、切羽詰まった表情で、飛龍が立ち上がった。

『向かう先は、翠玉宮及び周家の屋敷だ。翠妃を保護し、周家の者を捕らえる！』

『お待ちください、我が君』

窘《たしな》めるように、暁明は細い目を飛龍に向けた。

『私が申し上げたのは近い未来の話。厄星《やくぼし》の影が見えると言っても、今の翠妃様はいたって健康です。周大臣を捕らえたところで、起きてもいない罪は裁けません』

『だが、それでは翠花は！』

『逆に考えるのです』

今にも部屋を飛び出してしまいそうな飛龍に、暁明は尚《なお》も食い下がる。

『周大臣は用心深く巧妙です。我らが三年の月日をかけたにもかかわらず、いかなる毒、いかなる手段で皇族を殺《あや》めたのか、決定的な証拠を掴めていません。むしろ、これを好機と捉えるべきかと』

『何を、言っている……？』

『翠妃様を見捨てよと申しているのではありません。幸いというにはあまりに皮肉ですが、犠牲となった方々の記録は山とございます。それを読み解くに、たとえ症状が出ても、手遅れになるまでには少し時間がかかるようです。であれば。手口を暴き、大臣を確実に捕えるため、ここは敢《あ》えて目を瞑《つむ》ることをお選びいただきたく……』

『暁明！』

『怒りたくば、怒ればよい。恨みたければ、恨めばいい。しかし、この暁明。そう生《なま》半可《はんか》な覚悟で、周大臣に反したわけではありませぬぞ』

ひくり、と飛龍が顔を引《ひ》き攣《つ》らせる。

……言葉にしなくてもわかる。そんなの、飛龍が一番よくわかっている。彼は皇帝で、兄を、親族を、数多《あまた》の臣下を手にかけられた。

これは戦《いくさ》だ。剣を交えるだけが戦《いくさ》じゃない。智略を尽くし、先を読み、水面下で探り合う。そういう種類の、静かな戦争。

敵が仕掛けたとき、そこに隙が生じる。ならば、戦《いくさ》の長として飛龍が取るべき道は。

『……少し、時間をくれ』

『――我が君』

『しばしひとりになりたい。それだけだ』

短く告げると、飛龍はふたりを置いて執務室を後にする。泰然も暁明も何か言いたげな顔をしていたけど、飛龍の様子に察したのか、黙って見送った。

中庭を望める回廊を、飛龍はひとり、ふらりと歩く。迷うように歩みを進めていた彼だけど、やがて欄干《らんかん》に手をついてもたれると、曇天《どんてん》に押《お》し潰《つぶ》されてしまったかのように首を垂れた。

『……くそ。くそ‼』

二度、三度。拳《こぶし》が欄干《らんかん》を叩く。その、飛龍の肩が震えている。

とっさに手を伸ばしそうになって、私は思いとどまった。

これは過去。過ぎ去りし日の、変えられない思い出。ここには飛龍しかいなくて、肩を抱いてあげられる誰かはいない。

『スイ。俺は。俺は……――！』

絞り出すような声が、苦しげな声だけが、虚《むな》しく響いた。

そうやって、彼は、私たちは、あの日を迎えた。

『周大臣、ならびにその側近を、姜将軍率いる部隊が押さえました！』

『報告します！　陰暁明殿が割り出した薬草と、呪具一式を屋敷の地下より発見いたしました！　同様の道具が翠玉宮にあったと、二番隊より連絡もあります』

『翠玉宮、制圧完了いたしました！　すべての女官、ならびに侍女を捕らえました。

これより取調に入ります！』

『我々の感知していない余罪があるかもしれません。慎重に話を聞き出してください』

指示を出しながら、泰然が翠玉宮の中を行く。周囲に見えるのは、忙《せわ》しなく歩き回る龍玉殿の兵士たちだ。

だが、翠妃の居室に向かうように連れて兵の数は少なくなり、代わりにパタパタと走る侍女や医務官たちの姿が増えていく。

全部、ぜんぶ。私が知らない光景。

だって私は、翠玉宮に乗り込んできた兵士たちが親しくしていた女官たちを捕えだしたところで、気を失って倒れてしまった。

歩き慣れた通路の向こう、やがて見慣れた部屋の入り口が見える。

やっぱり飛龍は、そこにいた。

祈るように、縋《すが》るように。くたりと死人のように横たわる私の横で、かたくかたく、私の手を包み込んでいた。

『……それがしの首をはねなされ』

そう言ったのは暁明だ。床に手をつき、長い髪を床に垂らして深く頭を下げている。

飛龍の表情は見えない。私を覗《のぞ》き込《こ》んだまま微動だにしない飛龍に、暁明は微《かす》かに震えながら続けた。

『それがしの読みが甘かった。周大臣が翠妃様に施《ほどこ》したのは、毒と呪いの合わせ技。それも、発動すれば解呪の叶わない、とうの昔に失われたはずの禁術です。……それがしの命を奪いなされ。それ以外に、償《つぐな》うすべがありませぬ』

『そんなことは求めない』

暁明を振り返ることなく、飛龍は答えた。

『お前が責を負う必要はない。あの夜に決断を下したのは俺だ。俺が決め、俺が命を下した。ならば、責めを負うべきは俺以外にあり得ない。お前が命をかけて詫《わ》びるというなら、俺こそがそれを行うべきだ』

『それは……』

『だけど、俺が死んだところで、翠花は助からない』

初めて、飛龍がこちらに顔を向けた。

その目に宿る希望はまだ消えていない。決して諦めないという、強い強い火が燃えている。

『三日だ。三日だけ猶予を与える。お前のすべて。知識、技量、技術。何もかもをかけて、翠花の呪いを解く方法を見つけ出せ。――それが叶わないときは、俺に翠花と同じ呪いを掛けろ』

『我が君、それは……！』

『暁明。お前ならできるはずだ』

膝をつき、暁明の肩に手を置いて、飛龍はまっすぐに告げた。

『頼む。俺はまだ、翠花に何も言えていないんだ』

ああ、そうだったのかと。

ここまでくれば、自《おの》ずと先が読めてくる。

『翠妃様をお救いする方法がひとつだけあります』

斜陽の差し込む執務室の中。向き合う飛龍に、暁明が告げる。

『眠り姫の御伽噺《おとぎばなし》を聞いたことがございましょうか。あれは最初から〝眠りの呪い〟だったわけではありません。死の呪いを弱めた結果、姫は深い眠りについたのです』

朱に近い橙色《だいだいいろ》の光の中、飛龍の表情は読めない。静かに続きを待つ皇帝に、暁明は淡々と続ける。

『ときが来れば目覚める呪いに、翠妃様の呪いを変質させます。それが一年先か、千年先かはわかりません。解呪の引金は、真実の愛としましょう。存在する寓話《ぐうわ》をもとにしたほうが術の力が増し、呪いの上書きが確実となりますため』

『真実の愛……』

『我が君には、その役目を担《にな》っていただきたく存じます』

かしこまって告げた暁明に、私は正直、うまいと思ってしまった。

翠妃を救う手立てを提示すると同時に、暁明は飛龍に「死ぬな」と言った。呪いを解く最後の鍵が『愛』だというなら、それは逆説的に、翠妃を心から愛し、救いたいと願う飛龍を翠妃に縛りつける呪いとなる。

同じ考えに至ったのか、飛龍は顔を背《そむ》けて苦笑した。

『……俺に務まるだろうか。俺は後宮という牢に翠花を閉じ込めたうえ、散々遠ざけ、傷つけた。きっと俺は、彼女に深く恨まれ、憎まれているだろう』

『では、諦めますか。このまま翠妃様の身体を呪いが蝕《むしば》むのを、黙って見過ごすと』

『お前がそれを語るのか』

『失礼。それがしも必死なのです』

皮肉っぽく問い返す飛龍に、暁明は真面目に答える。ぴくりとも表情を変えない暁明は、口から出まかせを言っているようには見えない。

飛龍はしばらく真意を見極めようとするようにじっと暁明を眺めた。やがて覚悟を決めたように、一度だけ深く頷《うなず》く。

『その手に乗ろう。それだけが、翠花を救う道ならば』

私は眠りにつき、飛龍は彼の六年を過ごしてきた。

桜綾との契約婚を解消し。翠玉宮以外の後宮を閉ざし。ただひとり、眠り続ける唯一の妃のため、限られた女官と侍女だけが、この場所に残った。

蕾《つぼみ》が花開き、緑が萌《も》え。草木が赤く色付き、空から妖精のような雪が舞って。

そしてまた、月詠の日が巡る。

『また一年が経ったよ』

緩やかに声が響く中、飛龍はただひとり、眠る翠妃に語りかける。

『いい加減、寝飽きたんじゃないかな。君は、昔から飽きっぽい性分だから』

優しく、温かく。穏やかな表情で、飛龍は手を包み込む。

『父君は最近ダイエットに挑戦されているらしいよ。母君のプロデュースらしい。炎徳殿は……うん。本当に変わらないね、あの方は』

穏やかな笑みを浮かべる大人になった飛龍と、十七歳のまま、ときが止まった少女。当然ながら少女からの返事はない。一瞬だけ飛龍の瞳が翳《かげ》るけれど、すぐにすべてを呑みこむように、再び柔らかな笑顔の仮面をつけた。

——つんと鼻の奥が痛んで、視界が滲《にじ》んだ。

こうやって、飛龍は少しずつ壊れていったんだ。

いつか必ず私が目覚めるという希望と、それがいつかわからないという絶望と。自分が最後の『鍵』になるという信念と、自分では役割を果たせないかもしれないという不安と。

相反するそれらに蝕《むしば》まれる日々は、真綿でじわじわと首を絞めるような、終わりのない地獄だ。その中で少しずつ心を削りながら、それでも飛龍は、翠妃を手放さなかった。

私を、愛してくれていたんだ。

「スイ‼」

光の向こうから、飛龍の声が聞こえた。

温かくて。優しくて。不器用で。まっすぐな。

そんな貴方に、私はずっと触れたかった。

「大丈夫か、スイ！　ああ、くそっ！　光が強くて、前がよく見えな……」

飛龍の声が途切れる。

伸ばした私の指が、飛龍の手に触れたからだ。

「………え？」

「飛龍！」

夢中でしがみつくと、飛龍の服から告春花の香がふわりと香った。

布越しに、温かな体温が伝わる。私とは違う大人の男のひとの骨格や、その奥に潜《ひそ》む彼の鼓動も。切なくて、愛《いと》おしくて。ぎゅっと力をこめようとしたそのとき、半ば無理やり飛龍に引き離される。

信じたいけど、信じられない。そんな戸惑《とまど》いを美しい顔一杯に浮かべて、彼はゆるゆると首を横に振った。

「本当に？　翠花、目が覚めて……？」

動揺する飛龍を見て、私はようやく気づく。

抱き上げられたわけでもないのに同じくらいの視線の高さ。もちもち肉球とは明らかに違う、指から伝わる感触。何より、飛龍の宝石のように青みがかった瞳に映る、まぎれもない翠花の姿《わたし》――

両手で顔をつつみ、私は素《す》っ頓狂《とんきょう》な声で叫んだ。

「私、猫じゃない⁉　私、人間に戻ってる！」

「猫⁉　どういうこと⁉」

「そんなことより！」

ぎゅっとその手を掴むと、飛龍がびくりと肩を揺らす。期待と怯《おび》え。これは夢じゃないかと、まだ疑っている顔だ。

だから私は、夢じゃないよと伝えるためにも、精一杯身を乗り出した。

「ありがとう、飛龍‼」

飛龍が目を見開く。

「……私、自分のことばかり考えていて」

――知らされていなかったとはいえ、目に映るモノしか見えていなかった。

「周大臣とか、飛龍の立場とか。そういうこと、全然わからなくて」

――幼い少女の心のまま、ままならない想いに駄々《だだ》を捏《こ》ねた。

「たくさん傷ついたし、苦しかった。貴方を嫌いだと、思おうとしたこともあった」

――許せない。許したくないと思ってしまったのも事実。だからきっと、私は今日まで目を覚ませなかった。

「だけど、私も貴方を苦しめた。飛龍の支えになりたい。そう思って、この国に嫁《とつ》いできたはずなのに。あの三年も、この六年も。支えるどころか、たくさん貴方を悩ませた」

――言葉を交わさない三年だった。重ならない六年だった。だから、すべてのしこりを水に流すにはまだ早い。これから私たちはお互いに、たくさん想いを打ち明けないといけないと思う。

だから今、確実に言えることは。

「待っていてくれて、ありがとう。愛してくれて、ありがとう。信じてくれて、ありがとう。諦めないでくれて、ありがとう」

飛龍の頬に触れる。ひやりと冷たいのに、その奥は温かい心地がした。

「私も、貴方が大好きだよ」

精一杯微笑《ほほえ》んだ途端、今度は飛龍から抱き締められた。

温かい。心地よさに、目を覚ましたばかりなのに微睡《まどろ》んでしまいそうになる。

大きな大きな背中。だけど私が手を回したそこは小刻みに震えていて、飛龍の心の揺らぎが手に取るように伝わってきた。

「……俺は、ひどい夫だった」

「ほんとにね。たくさん泣いたんだから」

「君を守りたかった。だけど、そのせいで君を傷つけた」

「失恋だよ、大失恋。嫌われたのかと思った」

「挙句、君を危険な目にあわせた」

「驚いたわ。まさか、あんな駆け引きがあったなんて」

「俺はもう少しで、永遠に君を喪《うしな》うところだった」

「なんなら、私は飛龍に殺されたと思ってたけどね」

飛龍がそろそろと身体を離す。まるで幻《まぼろし》として消えてしまうのを恐れるみたいに、大きな両手で私の頬をつつみこんだ。

「なのにどうして、君は戻ってきてくれたんだ……？」

「答えは簡単だよ」

ドキドキと、心臓が壊れそうなくらい早鐘を打っている。

やっぱり、猫だったときとは全然違う。ううん。きっと猫だとしても緊張するけど、人間で、それも自分からするとなると恥ずかしくてたまらない。

だけど、私は思い切って、「えい！」と背伸びをした。

「スイ……………！」

飛龍が目を見開いて、唇を押さえる。

たしかに、私は幸運だ。

御伽噺《おとぎばなし》の眠り姫は、目覚めのキスを選べなかった。だけど私は違う。

初めはなんの冗談かと思ったけれども。猫になって、飛龍に拾われて。少しずつ彼を知り、過去を知り、空白の三年間を埋められた。

そうして私は、再び飛龍《あなた》を選べた。

「飛龍の愛が、呪いを解いたんだよ」

ひくっと、飛龍の喉《のど》が鳴った。

みるみるうちに、青みがかった瞳が涙に濡《ぬ》れていく。

やがて溢《あふ》れ出《だ》した雫《しずく》は、ぽろぽろと白い頬を滑り落ちる。吸い寄せられるように頬に触れると、彼は子供みたいにくしゃりと顔を歪《ゆが》めた。

泣き顔は月詠の儀の前に中庭で見せたのと同じようだけど、流す涙はまったく違うものだった。

「翠花、愛してる」

「うん」

「愛してる、ずっとこうしたかった」

「うん」

「遅くなってごめん。不甲斐《ふがい》ない俺でごめん」

「うん……！」

「もう離さない。二度と、君に寂しい思いをさせない」

「私も」

ひくっと喉《のど》が鳴る。飛龍につられて、私も涙でぐちゃぐちゃだ。

「私も二度と、飛龍をひとりにしないからね……！」

それからしばらく、私たちは抱き合ったまま、ボロボロに泣く。

それは、異変に気づいた暁明らが扉を開け、私が目を覚ましたことを知った家族が泣きながら部屋に飛び込んでくるまで続いたのだった。

六章　もう一度、私たちを

空から舞い散る雪を見かけなくなり、いつしか風の冷たさが和《やわ》らいだ。

長く続いた冬が終わり、新しい季節が巡る。空を見上げると、そんな予感がした。

「いやはや。一時期は生きた心地がしませんでしたぞ」

窓の外を眺めていたところに、苦笑と共にそんな言葉が聞こえた。つられて視線を戻すと、寝台のそばに座る暁明が、やれやれと首を振っている。

今日も黒ずくめの装束だし、長い黒髪も、妖艶《ようえん》な無駄に整った相貌《そうぼう》も不審者感がものすごいけれど、もう昔みたいに彼を気味悪く思う気持ちはなくなった。

きょとんと首を傾《かし》げる私に、暁明は溜息《ためいき》と共に肩を竦《すく》める。

「翠妃様がご自身を『死んだ』と仰《おっしゃ》ったとき、心から『それがし、終わった』と絶望しましたよ。何せそれがしは、その命をお救いすると飛龍陛下に豪語して、翠妃様に呪いを掛けたのです。それが失敗したとなれば、それがしの首を差し出すだけではすみませんでしたよ……」

「仕方ないじゃない。あのときは本当に、私は死んで、猫に生まれ変わったんだと思ったのよ。死んだのも、暁明に呪い殺されたんだと思ってたし」

「ああ、ひどい！　それがし、いたいけで善良な、いち術師ですのに。それがしが翠妃様を呪殺したと疑うなど、あんまりでございます」

よよよと泣き真似をする暁明に、私は曖昧《あいまい》に笑うしかない。

この怪しげな外見のせいか、はたまた彼にまつわる噂《うわさ》のせいか。六年前のあの日は、本当に暁明が、皇帝の密命を帯《お》びて現れた死神に見えたんだ。

だけど蓋《ふた》を開けてみると、たしかに暁明は飛龍に忠実で腕もいい、実に有能な官吏にすぎなかった。

散々言われていた黒い噂《うわさ》は、飛龍と手を組んだ暁明を警戒する周大臣が、私と暁明を遠ざけるために流したものだったらしい。……まあ、「善良」で「いたいけな」と称するには、クセのある人間なのは間違いないけどね！

とはいえ、暁明に救われたのはまぎれもない事実だ。暁明が呪いを変質させていなかったら、私は本当にあの世に逝《い》っていた。

それに私が眠りについてからも、もともと周大臣が掛けた呪いによるダメージを癒《いや》すために、頻繁に翠玉宮に足を運んでは手を尽くしてくれていた。暁明と再会したのが翠玉宮だったのも、それが理由だ。

今日だって、私の身体に呪いの影響が残っていないか、様子を見に来てくれている。

初めこそ毎日顔を見せた暁明だけど、ここ最近は七日に一度くらいの頻度だし、渡してくる薬の量もかなり減ってきた。身体の調子もいいし、そろそろ「全快」のお墨付きをもらってもいい気がする。

「さて。今日の診察を始めますかな」

そう言って、暁明は私の脈を取ったり、目を覗《のぞ》き込《こ》んだりする。医務官とやっていることは大差ないようだけど、暁明は術師として、『気』を読んでいるそうだ。

邪魔をしないように気をつけつつも、つい私は彼に話しかけてしまう。

「私が猫になったのも、暁明が掛けた術式のせいなの？」

どこまでが思い通りで、どこからが予想外だったんだろう。そう思って問いかけると、暁明は手を止めずに、うーんと首をひねった。

「翠妃様が猫になったことは、それがしも予想外でした」

「そうなの？」

「眠り姫の御伽噺《おとぎばなし》を思い返してごらんなさい。あれに、姫が猫になるなんて、そんな件《くだり》はなかったでしょう」

暁明が掛けたのは、あくまで「眠り姫」をベースにした眠りの呪いだ。周大臣が掛けた強力な死の呪いを変質させるために、古くから伝わる御伽噺《おとぎばなし》をもとにしたもの。ほかの要素を組み込む余裕なんてなかったはずだ。

だったらどうして、私は子猫の姿で目を覚ましたのだろう。それも、呪いを変質させて六年も経ってから？

私が首を傾《かし》げていると、暁明が長い人差し指を立てた。

「根拠はありませぬが……あれは、おそらく呪いの強制力というものでしょう」

「強制力？」

「それがしは貴女《あなた》様に、眠り姫の物語を再現するという呪いをかけました。つまり、翠妃様は必ず、『真実の愛』で目覚めなければならなかった。ですが翠妃様は、それがし、ひいては我が君に殺されたと思い込んでいた。その誤解を解かない限り、翠妃様は『真実の愛』を見つけられない。つまり、あのまま永遠に眠り続けることになってしまう――。その矛盾が、魂《たましい》だけが実体を持って目覚めるという、トンチキな状況を生み出したのではないでしょうか」

暁明によれば、呪いの変質には成功したものの、周大臣の掛けた呪いと毒のせいで、私の身体は多くのダメージを負っていた。六年という月日は、純粋に身体が回復するのにかかった時間だ。

だけど、すっかり身体は回復したのに、肝心の鍵である『真実の愛』が一向に見つからない。

当然だ。私が好きなのは飛龍だけだし、その飛龍に殺されたと思い込んでいた。好きなひとに殺された私が、誰かの愛を信じられるわけがない。

「なるほどね。じゃあ、どうして猫の姿だったの？」

「それは、術者であるそれがしの好みでしょうな」

「なるほどね！　すっごく理解した！」

晩明は太暦寮を猫楽園に変えつつあるほどの猫好きだ。これ以上ない説得力に、私は頷《うなず》くしかない。ちなみに太暦寮は、噂《うわさ》にたがわないモフモフ天国だった……。

「おかげで言葉が通じなくて、真実に辿り着くのに余計に時間がかかったわ」

「いいではありませんか。人間同士であれば言葉を交わせますが、嘘か誠かを見抜かねばなりません。その点、動物相手に自らを偽《いつわ》る人間はいません。翠妃様も、陛下の愛猫《あいびょう》として飼われていたからこそ、陛下を信じられたのではないですか」

「ぐむむ……」

晩明のわかったような顔に腹が立つけれど、言っていることはもっともだ。普通に人間として目を覚まして真実を知らされたとして、素直に信じられたかというと微妙だ。むしろ、飛龍が口八丁手八丁で私を丸め込もうとしているんじゃないかと、ますます人間不信に陥《おちい》っていたかもしれない。

私が難しい顔をしていると、晩明がぱんぱんと手を払った。

「本日の診療は、これにて終了！　これといって問題なし、でございますな」

「やった！　もう全快ってことでいい？」

「ほんの少しだけ呪いの残り香がございますが、気にするほどではございませぬ。新たな薬は処方せず、様子を見てみましょう」

「わーい！」

私は思わず万歳してしまう。だって、暁明の出す薬、とっても苦いんだもの。

暁明が退出してから、私はさっそく着替えて、文を書いて女官に届けてもらった。

届け先は、お爺様《じいさま》の心の友《マブダチ》、姜将軍だ。ほどなくして、姜将軍と江浩宇が、番犬ズを連れて翠玉宮に来てくれた。

「翠妃様！　本日もお元気そうですな！」

「す、すすすす翠妃様におかれましては、本日も大変麗《うるわ》しく……！」

豪快に笑う姜将軍と、いまだに人間の私に慣れずに恐縮して小さくなる浩宇。

浩宇ってば、お猫様だったときはあんなに可愛がって褒めてくれたのに、人間に戻ってからは目も合わせてくれない。

前に一度、「猫だったときみたいに、頭を撫《な》ではくれないの？」と浩宇の顔を覗《のぞ》き込《こ》むと、「そんなことをしたら、僕が飛龍陛下に殺されてしまいます！」と、顔を真っ赤にして逃げられてしまった。

「暁明の奴は、お身体は大丈夫だと言ってましたかな？」

「ええ！　だから、今日も番犬ズを貸してもらえると嬉しいのだけど」

「もちろん、喜んで。番犬ズも、翠妃様とのお散歩を楽しみにしてましたから」

『呼び出し待ってましたで、姐《ねえ》さん！』

番犬ズを代表して、ゲンゾウが誇らしげに尻尾《しっぽ》を振る。

猫として過ごしたときの名残《なごり》なのか、私は今でも番犬ズの言葉がわかる。番犬ズも、私が「御上《おかみ》の愛猫《あいびょう》のスイ」だとわかっていて、人間になった今でも交流は続いていた。

「よーし。じゃあ今日は、翠玉宮の北側を中心に、一緒に散策してもらおうかな」

『任せとき、姐《ねえ》さん！』

『わてらが、姐《ねえ》さんをばっちり護衛させてもらうで！』

『姐《ねえ》さんのためなら、地の果てまでお供しやすぜ！』

「「わんわん、わわん！」」

私は番犬ズと一緒に、リハビリを兼ねて歩き始めた。さすがに六年間も眠っていたせいで、最初の頃は少し歩いただけで、すぐに息が上がって疲れてしまった。それが最近は、かなり長い時間を歩けるようになっている。

『姐《ねえ》さん！　苦しくはないですか！』

『姐《ねえ》さんが疲れたら、おいらたちが姐《ねえ》さんをおぶるから安心してな！』

「ありがとね、タロ、ジロ。元気に歩けているから大丈夫だよ」

大きく腕を振って歩いてみると、『ええこっちゃ！』『姐《ねえ》さん、頼もしいわ！』と尻《しっ》尾《ぽ》を振って、二匹は元気に周囲を走り回った。相変わらず元気で可愛い子たちだ。

それにしても、本当に不思議な気分だ。体調を崩してからは翠玉宮で寝てばかりだったし、猫になってからは、翠花としての私は死んだと思っていた。なのに、またこうして自分の足で、翠玉宮の中を歩いている。

肌を刺す寒さは薄まって、穏やかな陽気が優しく包み込む。これからもっともっと、季節は春めき、王宮のあちこちで花が咲き乱れるだろう。その中を、自分で歩いて回れるなんて……

「あ！」

『なんや、姐《ねえ》さん。どないしたん？』

足を止めて叫んだ私を、三匹が不思議そうに振り返る。

なんで私、気づかなかったんだろう。もうすぐ春ということは、あの花が咲いているかもしれないのに！

「ねえ、タロ、ジロ、ゲンゾウ。この王宮で、告春花が咲いてるところはある？」

『コクハルカ？』

『なんや、それ。食べれるんか？　わてらにわかるのは、食べれる草か、そうでないかくらいやで?』

　きょとんとする三匹に、そりゃそうだと私は頭を抱える。普通に会話ができるから忘れていたけど、この子たち犬だものね。人間みたいに、花を愛《め》でたりしないよね。

　名前だけではピンとこなそうな番犬ズのために、私は地面に棒で絵を描いた。

「えっと……花の形はこんな感じで。色は薄い緑色で、雪の解け始める頃に、地面に花を咲かせるの。ふわっと甘い香りがするんだけど、知らないかな」

『うーん』

『おいら、食ったことはないなあ』

「そっかあ」

　顔を見合わせるタロとジロに、がっかりして肩を落とす。ちょうど時期もいいし、もしかしたら王宮のどこかに咲いているかもと期待したけど、ダメそうだ。龍華国に嫁《とつ》いでからの三年の間も見かけなかったし、もしかしたら龍華国には、告春花は根付いていないのかもしれない。

　だけど私が諦めかけたとき、ゲンゾウがワンと鳴いた。

『色とかはわからへんけど、そんな形の花なら見たことあるで』

「ゲンゾウ、それ本当⁉　どこで見たの⁉」

『どこやったかなあ。見回りの最中やろうし、たぶん龍玉殿やったような気がするんやけどなあ』

「さっそく探しに行きましょ！」

もともと予定していたよりは長く歩くことになるけど、今日の体調なら問題ない。子猫だったときに走って移動できたくらいだし、龍玉殿と翠玉宮は、ものすごく離れているってわけじゃないしね。

龍玉殿にはあっさり入れてもらえた。門番はびっくりしていたものの、飛龍が「翠妃が来たら、いつでも入れるように」と通達してくれていたみたい。

私たちは喜び勇んで、懐かしい龍玉殿の中庭に足を踏み入れる。

当たり前だけど、龍玉殿の中庭は、子猫のスイだった頃ほど大きくは感じない。この木をよじ登って番犬ズと追いかけっこしたのも、なんだか遠い昔に思える。

「初めて会ったときの番犬ズ、怖かったなー。いたいけな子猫を、目の色を変えて追いかけてくるんだもん」

『堪忍してや、姐《ねえ》さん』

『その節は、えらいすんませんでした！』

『わてらもなあ、ちょーっとテンション上がってしまってなあ……』

「いやいや、怒ってないよ！　番犬ズは役目を全《まっと》うしただけだし、振り返ってみると、あの追いかけっこも楽しかったしね」

それに、あの騒ぎがなかったら、私は飛龍に捕まることなく王宮を抜け出していた。そうなったら、飛龍の真意を知ることも、もう一度人間として目覚めることもなかったかもしれない。

……そうだった。あの夜、飛龍が追いかけてきてくれたから、私はもう少しだけこの場所に留まることを決めたんだ。そう考えると、なんだかこの中庭にも、運命的なものを感じてしまう。

そんなふうに感慨にふけっていると、不意に番犬ズがピンと耳を立てた。

『あかん。御上《おかみ》や』

『御上《おかみ》が、すごい勢いで飛んでくるで』

「へ？　飛龍が？」

飛龍なら、この時間は公務を行っている。今日は大臣たちとの御前会議もあると言っていたし、予定が詰まっていて忙しいはずなのに。

私がそう首を傾《かし》げたそのとき、告春花の甘い香りがふわりとした。次の瞬間、私は振り返る間もなく、誰かに後ろから抱き締められた。

「飛龍？」

なんとか後ろを向くと、視線の先で、細い黒髪が風に揺れる。白くきめ細《こまや》かな肌。吸い込まれてしまいそうな藍色《あいいろ》の瞳。息を呑んでしまいたくなるほどに美しい皇帝が、まっすぐに私を見下ろしている。

劉飛龍。大好きな、私の旦那様。

思わず見惚《みと》れてしまった私をよそに、なぜか飛龍は不服げに目を細め、傍《かたわ》らにいる番犬ズをじとりと睨《にら》んだ。

「衛兵から報《しら》せを受けて、まさかと思って駆けつけてみれば……。お前たち。スイに無理をさせてはならないとあれだけ言い聞かせたのに、みすみす口車に乗って、スイを龍玉殿まで歩かせたな」

『ひ、ひぃぃぃぃ！』

『えらいすんません！』

『せやかて、御上《おかみ》。わてらも姐《ねえ》さんを止めたんや。けど、一度こうと決めた姐《ねえ》さんを、わてら如《ごと》きが止められるわけないやんけ！』

「俺にはお前たちの言葉はわからないぞ。わかったとしても、俺がお前たちの言い分に耳を傾けるかは別の問題だな」

『『ひぃぃぃぃ！』』

飛龍が冷たく言い放ったせいで、番犬ズが子犬のように身を寄せ合って震えてしまう。さすがに申し訳なくて、私は番犬ズと飛龍の間に割って入った。

「よして、飛龍。番犬ズは何も悪くないわ。この子たちは、私が龍玉殿に行きたいと言ったから、ここまで連れてきてくれただけなんだから」

「その翠花が、リハビリの散歩で無理はしないっていう、俺との約束を守ってくれないから、俺も怒ってるんだけど？」

「無理なんかしてないわよ。そりゃ、普段よりちょーーーっと長めのお散歩にはなったかもしれないけど。飛龍は私に過保護だと思うわ」

私が腰に手を当てて反論すると、飛龍は小さく嘆息した。かと思えば、まるで壊れ物を扱うような慎重な仕草で、そっと私の髪を撫《な》でる。

「過保護にもなるよ。――君を失わないためなら、俺はなんでもやる」

目を閉じて私の髪に口付けを落とす飛龍のせいで、ぽんと顔に熱が上がる。顔を上げた飛龍の何かを請《こ》うような眼差《まなざ》しに、ぞくりと背筋が震える心地がした。

私が人間に戻ってからというものの、飛龍は本当に隠さない。

それは空白の六年を埋めるためなのかもしれないし、もっといえば、それ以前の三年を取り戻すためなのかもしれない。どちらにせよ、飛龍はどこまでもまっすぐに、私に愛を伝えてくる。

おかげで恋愛方面の耐性のない私が何度、飛龍のせいで息も絶え絶えになっていることか！　こちとら初恋拗《こじ》らせたまま六年も眠りこけていたせいで、精神年齢がいまだ十七歳の小娘なわけ。二十四歳の大人の男の本気の愛情を受け止められるほど、人生経験も人間もできていない。そこんとこ理解したうえで距離を詰めていただかないと、こっちの心臓がもたなくなっちゃう。

『親父、兄者。思うにおいらたち、お邪魔虫や』

『奇遇やな、ジロ。俺も、そない思うたところや』

『あとは若いふたりに任せて……。ほな、姐《ねえ》さん、お幸せにな』

ああ！　タロ、ジロ、ゲンゾウ～～！　お願いだから、置いてかないで！　あと、ゲンゾウの生温かいものを見るような眼、次会ったら覚えてなさいよ！

静かに退散する番犬ズに、私は心の中で悲鳴をあげる。

けれども、私が番犬ズを引き留めるより早く、ふわりと飛龍に横抱きにされ、それどころではなくなってしまった。慌ててその首に手を回し掴まる私をよそに、彼は私を抱いたまま、翠玉宮向けてスタスタと歩き出す。

「さ。リハビリの時間は終了です。君の部屋に帰るよ」

「ま、待って、飛龍。今日はとっても忙しいんでしょ。こんなふうに運んでもらわなくたって、自分の足で歩けるわ」

「そんなこと言って、小さい頃からお転婆《てんば》なスイが、ひとりで大人しく部屋に戻ってくれるわけないでしょ。安心して。政務だろうとなんだろうと、この世にスイ以上に大事なものなんか存在しないから」

「龍華国始まって以来の賢王が絶対言っちゃいけない台詞《せりふ》！　ああ、もう！　信頼ないなあ、私のせいだけど！」

このままだと本当に飛龍によって翠玉宮に強制送還されてしまう。その間、飛龍は政務を投げ出しているわけで、色んな意味で居たたまれない。

だから私は、なんとか彼を止めるために食い下がった。

「あのね、私が龍玉殿に来たのは、探し物をしていたからなの。それさえ見つけたら、大人しく翠玉宮に帰ると約束するわ」

「探し物？」

「告春花よ」

私を見下ろす、飛龍の藍色《あいいろ》の瞳が少し揺れた。それには気づかず、私は口元に手をやって考察を続ける。

「ゲンゾウが王宮のどこかで、告春花に似た花を見たことがあるらしいの。お香や香油にも使われているんだし、この国に咲いていてもおかしくないかなとは思っていたんだけど……。飛龍は知らない？　王宮のどこに、告春花が咲いているか」

「………………」

たっぷり沈黙があった。

ややあって、私から目をそらしたまま、飛龍は「さあ？」と答える。

「何、今の間！　絶対、どこに咲いているか知ってるよね⁉」

「さあ。サッパリワカラナイナ」

「カタコト！　信じられないくらい誤魔化《ごまか》すの下手なんだけど⁉」

わあわあ騒ぐ私と、飛龍は頑《かたく》なに目を合わせようとしない。けれども、そのうち諦めたのか、困ったように眉尻を下げた。

「わかった。告春花の咲いている場所を教えるよ」

「ほんと？　やったー！」

「だけど、夕方まで待って」

「ええ！」

唇を尖《とが》らせる私に飛龍は苦笑して、ぽんぽんと宥《なだ》めるように私の頭を撫《な》でる。

「俺はスイを六年待ったんだよ。ほんの少しだけ、お返しだね」

そう言われると、黙るしかない。にっこりと微笑《ほほえ》んだ彼に押し切られて、私は少しだけ待ってあげることにした。


「……で、翠妃様が陛下の寝所でお待ちになることになったと」

「やっほー、泰然。来ちゃった」

眼鏡をずらして眉間を揉《も》む泰然に、私はテヘッと手を振る。泰然のことは桜綾からしょっちゅう聞いているけど、本人に会うのは意外と久しぶりだ。

「どうも、翠妃様……じゃ、ないですよ！　我が君ときたら、血相を変えて会議を飛び出したかと思えば、翠妃様を抱えて戻ってこられるなんて……。陛下はこれまでの実績と信頼があるから問題ないとはいえ、皇帝が政務を投げ出して妃を迎えに行くなど、普通は臣下の心が離れて大惨事な案件なわけですよ！」

「本当だよね。ごめんね、泰然。飛龍が自由人で」

「そういう翠妃様もかなりの自由人でいらっしゃること、おわかりですかね⁉」

うーん。懐かしい、この打てば響く気持ちのいい感じ。龍華国一のツッコミ役で、苦労人。それが泰然だ。

「一応、私も飛龍を説得する側の人間よ？　飛龍ったら、最初は私を執務室に連れていこうとしたの。それをなんとか説得して、自室で待つことにしたんだから」

「うわ。待ってください。想像しただけで、頭が痛くなってきた」

「皇帝が妃をそばに侍《はべ》らせて仕事をしていたら、大臣たちに示しがつかないでしょって話したのよ。そしたら飛龍、なんて答えたと思う？　スイは猫のときみたいに、俺の膝でお菓子を食べていれば大丈夫って、そう言ったのよ」

「うーわー！　陛下が真顔で言っているところが想像できて、ほんとにやだ！　ていうか、そういえばお猫様時代、陛下は翠妃様をずっと膝に乗せて、政務をしていらしたのでしたね……」

人間の姿のほうで想像したのだろう。いささかゲンナリした顔で、泰然が呟《つぶや》く。なんとなく居たたまれなくて、私は慌てて手を振った。

「と、とにかく！　お猫様時代のおかげで、龍玉殿の勝手も知っているわけだし。私のことは放っておいてくれれば大丈夫！　泰然も気を遣わないでね」

「そう言われても、皇帝の唯一の妃を放っておける侍従はいないと思いますが……。まあ、いいでしょう。ようやく目を覚ました翠妃様の近くにいたいという陛下のお気持ちは、さすがの私にもわかります。どうぞ、ごゆるりとお過ごしくださいね」

そう微笑《ほほえ》むと、泰然は茶菓子と茶を用意して、退出した。本当に何も気を遣わなくてかまわないのに、真面目で律義なひとだ。

さすがは皇帝の侍従長なだけあって、泰然が淹《い》れてくれたお茶は香りが高く、とても美味《おい》しい。そういえば、お猫様時代に泰然が作ってくれたお粥《かゆ》のレシピも、今度教わりたい。あれも程よくトロみがあって、出汁《だし》の旨味《うまみ》が凝縮していて、すっごく美味《おい》しかったたっけ。

そんなことを思いながら、私は花の形をしたお菓子を口に運んだ。

さて。今や勝手知ったる龍玉殿だけど、やっぱり猫のときとは色んなものの見え方が違う。

机の高さは思ったより低いし、窓にだって簡単に手が届く。寝台も、記憶にあるほど大きくはないかも……。そこまで考えて、お猫様だったときにこの寝台で飛龍に身を寄せて眠ったときのことを思い出す。

我ながら大胆なことをしてしまった。いや、あのときは猫だったし、飛龍も私を猫だと信じて疑っていなかったから、ある意味でセーフだ。だけど、人間に戻った今、同じことをしたらと想像しただけで、顔から火が噴き出る。

だけど、いつかはそういう日が来るのだろう。

私はまぎれもなく飛龍の妃だ。私が眠っている間に飛龍が後宮を解体したから、彼の妃は私だけ。お互いの気持ちを確かめ合った今、私と飛龍が肌を重ねることになんの問題もない。

……飛龍はどう考えているのだろう。私が人間に戻ってから、彼はかなりの過保護と言えるほどに、私の身体を気遣ってくれている。政務が終われば翠玉宮に足を運び、食事も極力一緒に取っているけど、それ以上のことはしない。私と彼の関係は、相も変わらず清いままだ。

飛龍に大事にされていると、愛されていると、すごく幸せを感じる。

その一方で、もっと飛龍に触れたいと願う自分もいる。触れたい。近づきたい。だけど、自分から壁を破る度胸は、人間の私にはない。

それに……戸惑《とまど》いもある。

だって、私たちは夫婦だけど、あくまで形だけのものだった。念願かなって想いを通じ合わせたとはいえ、あの歪《いびつ》な三年間は消せない。なんとなくだけど、私も飛龍もあの三年の溝を前に、肝心なところでは尻込みをしている。

ううう、と考えているうちに頭が痛くなってきた。

こういってはなんだけど、お猫様だったときには、「どうせ猫のやることだから」って免罪符で、なんでもできた。人間は人間で、ままならないことが多すぎる……！

そんなことを考えてジタバタしていたせいで、着物の裾《すそ》が近くにあった机にぶつかり、積んであった書物が雪崩《なだれ》を起こした。

ひいぃ、まずい！

飛龍は寝る前に過去の記録に目を通して勉強をしているので、貴重な書物を傷つけてしまったら大変だ。私は慌てて、崩れた書物の山に手を伸ばす。

その中の一冊に、私の古い日記があって、思わず手を止めた。

「これって、月詠の儀のときに飛龍が持っていた……」

あれから色々あったから、忘れていた。私が棚の奥底にしまい込んでいた古い日記を、なぜか飛龍が持っていたんだ。

あのときは動揺してそこまで頭が回らなかったけど、今思えば、飛龍は周大臣やその周囲の者たちの不正の証拠を探すために、翠玉宮の中も捜索させていた。その際に、私の幼い頃の日記も飛龍の手に渡ったのだろう。

ざらりとした日記の表紙を撫《な》でて、私は懐かしさに表情を緩める。

色褪《いろあ》せぬ思い出を瞼《まぶた》の裏に思い浮かべるため――次第に、その思い出に縋《すが》るために。私は何度も、この日記を開いたっけ。

紙を破らないように慎重に頁《ページ》をめくる。幼い頃の私が書いた、拙《つたな》い文字が目に飛び込んだ。

〝今日は飛龍と、大池のまわりをたんけんしました。さかなをつかまえようとしたら、母様にとってもおこられました〟

書いてあることのくだらなさに、つい噴き出してしまう。その後も、書いてあることは大概だった。

お爺様《じいさま》に稽古をつけてもらったこと。ガキ大将の男の子にからかわれて頭にきたこと。飛龍と一緒に盗み食いをしたこと。それで母様にまた怒られたこと。

本当に、なんてことのない。それでいて、キラキラと輝く宝物のような思い出たち。

頁《ページ》をめくる。すると、いつの日かの武芸大会のことが書いてあった。

〝飛龍が優勝しました。すっごくかっこよくて、すっごくすてきでした！　私はきっと、この日をわすれません！〟

さらに頁《ページ》をめくる。私たちの一度目のお別れの日に、その押し花は挟んであった。

〝飛龍が帰ってしまってさみしいけれど、また会えるって信じます。告春花のかみかざりのにあうりっぱなおとなになって、飛龍のお嫁さんになります！〟

「懐かしいなあ」

薄緑色の押し花にそっと指の先で触れて、私は呟《つぶや》く。

一生懸命に、まっすぐに、幼い私は飛龍に恋をした。その頃の記憶があまりに眩《まぶ》しくて、一時期はこの日記を見るのも嫌になっていた。今再び、穏やかな気持ちで日記に目を通せるのが嘘みたいだ。

日記に書いてあるのは、ここでおしまいだ。飛龍がいた日々と、いなくなってしまった日々。それが並んでしまうのが悲しくて、まだ頁《ページ》が残っているというのに、日記を書くのを止《や》めてしまったのだ。

ホッと息を吐《つ》いて、私は日記を閉じようとする。――けれども、偶然、窓から吹き込んだ風が、日記の頁《ページ》を一枚めくった。

そこに、覚えのない何かが書き込んであるのを見て、私は目を丸くする。

「これって、飛龍の字……？」

お猫様だったときにも散々間近で見てきたから、間違いない。綺麗で、丁寧で、人柄をそのまま落とし込んだかのような柔らかな筆跡は、飛龍のものだ。

だけど、私の、それも古い日記の後ろに、なぜ追記なんか……
疑問に思いながら目を通して、私はすぐに彼の意図を察した。
〃翠花が眠りについてから一年の月日が経った。翠花が目を覚ましたときに、自分だけ除《の》け者《もの》にされたと悔しがるといけないから、ここに記録を残すことにする〃
ああ、なるほどと思う。これは、月詠の儀の記録だ。
〃月詠の儀と名付けたのは暁明だ。眠り姫の呪いの力が最も高まるこの日、翠花と所縁のある人々が集《つど》い、解呪のための儀式を執《と》り行《おこな》う。月詠というのは、翠花が眠りについてからの日々を数え、彼女を想い、想いを唄《うた》として術に乗せるための儀式。いわば、儀式全体が、翠花への手紙を意味する〃
丁寧に、誠実に。飛龍は、眠り続ける私への文を書き続ける。
〃集《つど》う者は、私が選んだ。私を憎んでいるだろうに、義父上《ちちうえ》に義母上《ははうえ》、それに炎徳将軍まで、私の呼びかけに応えて龍華国まで足を運んでくださった。これほどに家族から愛される翠花を、私は不幸にしてしまった。自分のすべてをかけてでも翠花を取り戻さなければならない。改めて私は、固く誓った〃
一行間が空《あ》く。続いて、二年目の月詠の儀の記録だ。
〃再び記録という形をとることを、不甲斐《ふがい》なく思う。しかし、やはり翠花が『自分の知らないところで、皆だけ楽しく過ごした』と不服に思うかもしれない。ゆえに、いずれ目を通すだろう君に向けて、筆をとることにする〟

飛龍自身の葛藤《かっとう》と苦しみを示すように、字は少しだけ震えている。それでも、あくまで明るく手記を残すところに、彼の優しさを感じた。

〝今年は、月詠の儀で何を食したか、記録に残す。もちろん、目を覚ましたとき、翠花が同じものを食べたいと言うだろうからだ。なお、炎徳将軍からは『料理よりも酒が楽しみだ』と言われてしまった。あのひとは相変わらずだ〟

律義に献立の記録を書《か》き連《つら》ねる飛龍がおかしくて、それなのに不思議と涙が滲《にじ》んできた。涙を拭《ぬぐ》いながら読み進め、三年目の記録に突入する。

〝再び、筆をとる。暁明によれば、想定の範囲だと言う。それほどに周大臣の用いた呪いと毒は、翠花を苦しめ、痛めつけた。その事実に、胸が締め付けられる〟

几帳面《きちょうめん》な文字から、葛藤《かっとう》が滲《にじ》む。再び飛龍の手記には、月詠の儀に集《つど》った人々の姿が鮮やかに描かれている。だけど、明るい手記の裏から飛龍の迷いと苦しみが流れ込んでくるようで、私の胸も締め付けられるように痛みを感じた。

〝――最後に、これだけは言わせてほしい。月詠の儀に集《つど》う誰ひとりとて、翠花を諦めていない。私だけではない。誰もが固く誓っている。この決意は、未来永劫《えいごう》変わることはない。君は望まれて戻ったのだと、目を覚ました君が、この手記を通じて知ることを願う〟

五年目——つまり一年前の記録がそのように締められたところで、飛龍による記述は終わっていた。最後の文字が不自然に滲《にじ》んでいるのに気づいたところで、もう私は限界だった。

「……スイ?」

声がして、ハッと顔を上げる。日記に目を通しているうちに、かなり時間が流れていたらしい。入り口のところに、ぽかんとこちらを見下ろす飛龍がいる。

私が泣いているのを見て、彼は心配そうに眉根を寄せた。けれども、すぐに私の手元の日記に気づいて、慌てた顔になる。

「スイ、それを読んで……?」

「飛龍!」

その顔を見た途端、私は飛龍に抱き着いていた。彼は驚きつつも、しっかり受け止めてくれる。

ぎゅうぎゅうとしがみつく私の背中を、ぽんぽんと優しく叩いた。

「変なスイ。どうして、それを読んで君が泣くのさ」

「だって……、だって!」

うまく言葉にできなくて、私はますますしがみつく。

六年も飛龍を苦しめてしまった。それでも、飛龍は私を待ってくれていた。後悔と、感謝と、愛しさと。ひと言では言い表せない感情が、胸の中を駆け巡る。

それでも、全力で伝えたかった。もう絶対、貴方をひとりにしないって。

衣擦《きぬず》れの音がして、飛龍の長い腕が私を包み込む。そうやって私を抱き締めて、飛龍は穏やかな声で答えてくれた。

「大丈夫だよ。君がいて、その瞳に俺を映してくれる。それだけで、心から幸せだ」

目元をそっと拭《ぬぐ》われ、私は顔を上げた。すると、優しく温かな藍色《あいいろ》の瞳が、柔らかく私を見下ろしていた。

「お待たせ、スイ。一緒に、告春花を見に行こう」

＊　　＊　　＊

飛龍が向かうのは、なんと翠玉宮だという。これまで意識して探してこなかったとはいえ、番犬ズとあれだけ翠玉宮の中を散歩して気づかなかったなんて、我ながらおまぬけな話だ。

飛龍は初め、輿《こし》を用意しようとした。けれども私が歩きたいと主張したのを、渋々了承してくれる。今も、私の歩調に合わせて、すごくゆっくり歩いていてくれた。そういうところ、我ながら単純だけども好きだなと思う。

「スイはなんでもお見通しだね」

空が澄んだ青から朱に染まっていく中、飛龍がふとそう口にした。見上げる私の隣で、彼は切れ長の目で前を見つめたまま続ける。

「俺の中にはまだ眠り続ける翠花の姿がこびり付いている。君を傷つけてしまったことへの後悔も。君を守れなかった自分への嫌悪も。何もかもが胸に焼き付いていて、これはきっと、永遠に消えることはない。それを知っているから、スイはさっき、日記を読んで泣いてくれたんだよね」

さらりと風が吹いて、飛龍が微笑《ほほえ》みながら私を見下ろした。一瞬ドキリとしたけど、そこにはもう、以前に見たような仄暗《ほのぐら》さはない。ただ静かに、優しく、飛龍は私を見つめている。

「だけど、これは悪いことじゃない。あの三年は俺が背負うべき罪で、次の六年は俺に科せられた罰だ。そう胸に刻み、俺は生涯をかけて、翠花を幸せにする。そうするチャンスを、君が与えてくれたから」

「そんなふうに、何もかも背負わなくていいって、何度も言ってるでしょ」

「残念。これは俺の性だ。性格は、そう簡単に変えられるものじゃない」

軽く笑ってから、飛龍は再び前を見た。

「だからこそ、さっきのも本心だよ。スイがいて、俺の隣で笑ってくれる。それだけで、無限に力が湧いてくる。不安も恐れも、君が吹き飛ばしてくれるんだ」

「そんなの、ズルい。私だって、飛龍を全力で幸せにしたいのに」

飛龍の袖の裾《すそ》を掴むと、彼が瞬《まばた》きをしてこちらを向いた。ぽかんとしていたのに、やがて雪解けのような、温かくて満ち足りた笑みを浮かべる。

「……少し急ごうか。完全に日が落ちたら、冷えてきてしまうだろうから」

「うん」

飛龍の大きな手が、私の小さな手を包みこんでくれる。互いの温かさを確かめ合いながら、私たちは既《すで》に正面に見えている翠玉宮に足を進めた。

そうして連れてこられたのは、なんと私の寝室のすぐ外。つまり、六年間私が眠り続けた場所の、すぐ横の庭だった。

「うわあああああ！　告春花だー！　ほんとに咲いていたー！」

かあわいい！　好き！　記憶のまんまの小さな薄緑色の花に、私は思わず駆け寄ってしゃがみ込む。

中庭全体で考えたらほんの一角だけど、解けた雪の間から薄緑色の花がいくつもふわふわと風に揺れている。珀虎国にいたときは毎年冬の終わりに必ず愛《め》でていたのに、こうして咲いているところを見るのは随分久しぶりだ。

それ以上に、想像の何倍もの花が咲いていて、私は感動してしまった。だって、ひとつくらい見つけられたら嬉しいなくらいで探していたのに、まさか地面を淡い緑で覆うほどの花が見られるとは思わないじゃない。

はしゃぐ私の隣に、飛龍もしゃがみ込んだ。

「君が眠りについてすぐ、珀虎国の義母上《ははうえ》が告春花の種を送ってくださったんだ」

「母様が？」

「翠花が一番好きな花だから、香りにつられて目を覚ますかもしれないと言ってね。だけど、最初の年はこんなに咲かなかったんだ。だから、書物を取り寄せてあれこれ工夫したり、泰然に手伝わせたり、暁明にも土を調べさせたりしてね……。二年くらい前から、春が近づくと、ようやく花をつけてくれるようになった」

「そうだったんだ……」

指の先でそっと触れると、告春草がふわりと揺れた。こんなにたくさんの花を咲かせるのに、どれだけ苦労したんだろう。それを思うと、ますます愛《いと》おしさがこみあげてくる。

「まさかすぐ近くに、こんなに花が咲いてたなんて……。飛龍も知っているなら、もっと早く教えてくれたらよかったのに」

「ごめん。スイをびっくりさせたくて、秘密にしてたんだ」

「飛龍に教えてもらうより先に、私が見つけちゃってたらどうするつもりだったの？」

「実はそうならないよう、女官たちにスイをここに近づけないでと頼んでたんだ。だからさっき、ゲンゾウが告春花をどこかで見たって聞いたとき、正直焦《あせ》ったよ。でも、よかった。場所までは覚えてなくて、命拾いしたよ」

おかしそうに笑う飛龍に、びっくりしつつも、じわりと胸が温かいもので満ちる。

告春花を見るときは、ふたりで一緒に。そう思うくらい、飛龍もこの花を大事に、大切に思ってくれていたんだ。

不覚にもまた涙がこみあげてきそうになって、私は慌てて話題を変えた。

「ねえ、覚えてる？　昔、飛龍が告春花を私の髪に飾ってくれたこと。あのとき、すごく嬉しかったな。それまでも告春花が好きだったけど、飛龍に贈ってもらってからは、今まで以上にこの花が大好きになって……」

「片時も忘れたことはないよ。――だから今、約束を果たしたい」

「……へ？」

差し出されたものを見た一瞬、世界中のすべてが止まったような気がした。

繊細な銀細工の先、薄緑色の宝石の花弁が開く。枝垂《しだ》れのような飾りには、朝露を模した真珠が控えめな美しさを醸《かも》し出《だ》す。

「告春花の、髪飾り……」

嬉しさと、戸惑《とまど》いと。二つの感情に揺れ動き、私は飛龍を見た。

たしかに、約束はした。いつか告春花の髪飾りを私に贈ると、幼い飛龍は言ってくれた。

だけど、告春花の髪飾りは婚姻を申し込むときに贈るものだ。私と飛龍は、九年も前から皇帝とその妃として結ばれている。なのに、どうして今……？

戸惑《とまど》う私を真摯《しんし》に見つめて、飛龍はまっすぐに告げた。

「翠花。俺は君と、ちゃんと夫婦になりたいんだ」

「ちゃんと……？」

髪飾りを壊さないよう、そっと飛龍に手を重ねる。その上から、さらに飛龍の大きな手が私を包み込んだ。

「スイ。君は、俺の光だ。龍華国に戻ってからも、ずっと君が心の中にいた。母上が亡くなったときも、兄たちが次々に謎の病《やまい》に倒れたときも、皇帝の座に望まぬままついたときも、君が俺の支えだった。君と過ごした日々が俺の宝であり、いつか君を迎えに行くことが、俺の未来を照らす希望だった」

会いたかった、と。涙の色が滲《にじ》む声で、飛龍は言った。

「君の太陽のような笑顔が好きだ。君の飾らない優しさが大好きだ。嫁《とつ》いできた君を見たとき、思い切りこの腕に抱き締めたかった。子供の頃の約束を君も覚えてくれていたのだと、たまらなく嬉しかったんだ」

「そんな……知らなかった」

「だろう。俺は何ひとつ、君に伝えてこなかったのだから」

困ったように笑ってから、飛龍は表情を引き締めた。

「俺が君にした仕打ちは消せない。あの三年を、なかったことにするつもりもない。だけど叶うなら……君が受け入れてくれるなら、もう一度ここから、俺たちを始めたい。──改めて、初めて、君にこの言葉を捧《ささ》げよう。俺の妻になってほしい、翠花。俺と、これからの生涯を共に過ごしてくれないだろうか」

〝僕の真実の愛は君だ。スイの真実の愛が、僕であるように〟

幼い頃の飛龍の声が、耳に蘇《よみがえ》った。

ああ、同じなんだ。そう思った途端、私の両目から涙が噴き出す。

「す、スイ！　泣いて……！」

「ふぇ……ひっく……」

「ご、ごめん。まさか、泣くほど嫌だったなんて……」

「違うの！」

オロオロと狼狽《うろた》える飛龍に、私は勢いよく首を横に振る。動揺しつつ、それでも続きを待ってくれている飛龍に、私はどうにか言葉を絞り出した。

「違うの……嬉しくて」

「え？」

「飛龍が、私と同じことを考えてくれていたから」

——私たちは夫婦だ。

飛龍は皇帝で、私は翠妃。肩書だけなら九年も連れ添った相手で、今更求婚するのはおかしな間柄だ。

だけど、そこに至ったのは、龍華国を揺るがす陰謀があったから。抗えない大きな渦に呑まれて、私は翠妃になり、飛龍とは形だけの夫婦となった。

その時期をなかったことにはできない。

私たちはそれぞれに悩み、苦しんだ。そして、共に乗り越えたからこそ一緒にいる。

だからこそ、もう一度ここから始めたい。

飛龍とふたり。ここから、『私たち』を重ねていきたいんだ。

「喜んで」

泣いているままじゃダメだ。ちゃんと、貴方の目を見て答えたい。その一心で涙を拭《ぬぐ》い、飛龍を見上げてこう言った。

「私を、飛龍の奥さんにしてください」

次の瞬間、私の唇を柔らかなものが塞《ふさ》いだ。

温かくて、優しい、幸せなキス。

私が人間に戻ってから、もう数えきれないほど、飛龍とはこういう口付けを交わしてきた。ふわりと私を包み込んで甘やかし、そっと離れていく——はずなのに、終わらない。

今までしてきた口付けとは、まったく違う。交わせば交わすほど、追い詰めるように深くなっていく。

触れられた場所がじんじんと熱を持ち、全身が溶けてしまいそうだ。

くらくらし始めた私は、一生懸命、飛龍の胸を押した。

「飛龍、待って。息、うまくできない……」

息も絶え絶えに抗議する。気を抜くと、今にも倒れてしまいそうだ。なのに、私の背に回した飛龍の手が、逃げることを許してくれない。

だけど飛龍は、彼らしくもなく私の懇願を退《しりぞ》けた。

「もう待たない」

ぼんやりと回らない頭で見上げると、見たことのない熱を瞳に宿した飛龍が、ちょっぴり意地悪く微笑《ほほえ》む。その腹が立つほど美しい笑みに、もうこれ以上速くならないと思った鼓動が、ますます早鐘を打った。

——ああ、もう。私、どうなってしまうんだろう。

もっと飛龍に触れたい。もっと近づきたい。

さっきまでそんなふうに思っていたのに、もう心臓がもたなくなる。

だけど、こんなのはきっと序の口だ。私たちはこれから、空白の九年を埋めるため、もっと互いを知るだろう。

言葉を交わし、同じときを過ごし、少しずつ互いに触れる。そうやって互いの愛を確かめ、育《はぐく》みながら、もっと深く、徐々に触れ合っていく。

これはまだ、ほんの入り口。こんなところで、目を回している場合じゃない。

ええい、女は度胸。飛龍がそのつもりなら、とことん付き合おうじゃないの！

心を決めた私は、ぎゅっと強く目を瞑《つむ》る。そんな私の胸中を察してか、飛龍がくすりと笑った気配がした。

「可愛いスイ。ほんと、昔から意地っ張りなんだから」

衣擦《きぬず》れの音がすぐ近くで響く。それだけで顔から火が噴き出してしまいそうなのに、飛龍のすこしひんやりした手が、髪を除《よ》けるように私の頬を撫《な》でた。

ああ、また、さっきの口付けが始まる。覚悟する私に飛龍が近づき、ふにっと、唇と唇が触れ合う——

途端、「ぽん！」と私たちの周りで何かが勢いよく弾けた！

『うわあ!?』

「な、なんだ!?」

ふたり分の悲鳴が辺りに響く。

……けど、待って。なんか今、変な声がした。

変な声と言っても、ちょっと前まではよく聞いていた声だ。ある意味で懐かしく、馴染《なじ》みがあると言ってもいい。

甲高《かんだか》く、みゃあみゃあとした、まるでお猫様だったときのような。

「大丈夫か、スイ！　ス……スイ………………？」

『飛龍こそ！　今のは一体…………？』

煙が晴れた先で、飛龍が目をまん丸くして固まっている。そこで私も改めて違和感の正体――自分の身体を見下ろす。

そこにあったのは、白くふわふわの毛に覆われた、愛らしい子猫の身体だった。

『……え？』

「……え？」

『「えええええええええ!?」』

＊　＊　＊

「暁明！　暁明――――！」

一匹《わたし》を抱えた飛龍は、翠玉宮を飛び出し、太暦寮に駆け込んだ。

お目当ての人物は太暦寮内に居室を構えており、幸い、この日も愛する飼い猫たちのため、勤めを終えたらまっすぐに帰宅していたようだ。

飛龍が勢いよく戸を叩くと、ほどなくして、みゃあみゃあ甘える猫たちを頭やら肩やらに乗せたまま、きょとんとした顔で暁明が現れた。

「なんですか、我が君。わざわざ、それがしの部屋にまで……と。おや。まさかとは思いますが、そちらにいらっしゃる猫ちゃああんは……?」

「まさかとは思いますが……じゃ、ない！　暁明、説明しろ！」

『呪いはぜんぶ解けたんでしょ！　なんで私、また猫の身体になっちゃったの⁉』

大混乱のまま、私と飛龍はわあわあと騒ぐ。それをよそにしげしげと私を観察していた暁明は、ややあってぽんと手を打った。

「ああ、なるほど。簡単な話でございますな」

「と、いうと⁉」

「翠妃様の御霊《みたま》と、猫の身体《ぼでぃ》が、思いのほか相性がよかったのです」

訳のわからないことを言って、暁明はひとりで納得する。

先を焦《じ》れる私たちに、彼はついと人差し指を掲《かか》げた。

「おそらくこれは、本元の呪いが断ち切られた後の一時的な副作用。——真実の愛で猫が人間に戻るなら、真実の愛で人間が猫に変わることも、逆説的に可能でありましょう」

『は、はあ？』

「つまり……？」

戸惑《とまど》う私たちに、暁明は明るく手を合わせた。

「大丈夫！　ほっときゃ、元に戻りましょう！」

「大丈夫なわけあるかあ！」

私を一旦下ろして、飛龍が暁明をガクガクと揺さぶった。

「もーどーせーー！　暁明！　今すぐスイを人間に戻せーー！」

「ははは。よいではありませぬか。翠妃様はあくまでご無事ですし、今回は言葉も通じているご様子。何より白い猫ちゃあああんは、とても愛らしい……」

「そういう問題じゃないだろ！　俺は！　スイと！　いちゃいちゃしたいんだ！」

「はははははは」

どうしよう。とんでもなく状況がカオスだ。

だけど――。私は暁明をぐらぐらと揺さぶる飛龍を見上げ、それから改めて自分のお猫様ボディを見下ろした。

うん。どっからどうみても、皇帝陛下のお猫様だ。何をしても、どんなおねだりをしても、「まあ、猫のすることだし」と許してもらえるような愛らしさがある。

人間には人間の、猫には猫のよさがあるみたい。

いまだ暁明を揺さぶる飛龍に、私はみゃあみゃあと呼びかけた。

『飛龍、ふぇーいーろーんー』

「待っててくれ、スイ！　暁明はこう見えて優秀でな！　猫の姿のスイに鼻の下を伸ばしてなければ、こんな呪い、ちょちょいのちょいで解けるはずで……」

『そおれ！』

猫のしなやかボディと跳躍力を活かして、私は飛龍にぴょんと飛びつく。ああ、懐かしい、この感じ！　私はやすやす飛龍の腕に収まると、得意げに彼の顔を覗《のぞ》き込《こ》んだ。

『ねえ、飛龍。猫の身体も、案外悪くないかもだよ』

「な、何を言ってるんだ。今、こいつに君を治させるから」

『だって私、こっちの姿なら、照れずに飛龍に甘えられるもの』

というわけで、有言実行！　私はさっそく、ゴロゴロと喉《のど》を鳴らして、飛龍の肩に頭をこすりつけてみる。

うーん。幸せ。苦しゅうない。

人間の姿のときには恥ずかしくてできないけれども、猫の姿なら、いくらでも飛龍に甘えられる。

「今ならいける！」とばかりに、私は飛龍の頬にチュッとキスもしてみた。

『えへへ。飛龍、大好きだよ』

ぱかんと、飛龍の口が大きく開いた。

飛龍は私を抱えたまま俯《うつむ》いて。天井を仰《あお》いで。

しばらく悶々《もんもん》と悩んでから、観念したように私を抱き締めた。

「許す！　スイが可愛いから全部許した！　だけど、これじゃ生殺しだ……」

『生殺しって？　どういうこと？』

「いいか、暁明！　今日はスイの愛らしさに免じてこのまま帰るが、明日から全力でスイを治せよ！　真面目にやらないと減給だからな！」

「はははははは。それは困りましたな、はははは」

「少しは困れ！」

どこまでも呑気《のんき》な暁明と、賑《にぎ》やかに響く飛龍の声。ロマンチックさは欠片《かけら》もないけれど、こんな楽しさも悪くない。

『飛龍、大好き！』

にゃーんと鳴いて、改めて私は、思いっきり飛龍に甘えたのだった。

番外編　猪突猛進《ちょとつもうしん》、肉食女子！

春の陽光が、翠玉宮に差し込む。

季節はすっかり春。桜は満開となり、風が吹けばチラチラと薄紅色の花びらが舞う。

そんな中、私の新しい彼女《おともだち》は来た。

「翠花様！　お会いできて嬉しゅうございます！」

「桜綾！」

顔を見せた桜綾に、私は思わず笑み崩れた。

女官長として長らく翠玉宮を守ってくれていた桜綾だけど、私の体力が大分戻ったのを機に、お腹《なか》の子のことを考えてお休みに入ってもらった。だから今は李家に戻っているわけだが、時々私の様子を見に、こうして遊びに来てくれているのだ。

今日の桜綾は、桜と同じ薄紅色の着物だ。女官長を務めていたときより少しだけ華やかで、彼女の可愛らしさをぐんと引き立てる。

服の上からだとわからないけれども、桜綾はそろそろお腹《なか》が大きくなる頃だ。そんな状態で会いに来てくれたのが嬉しくて、私は表に出て桜綾の手を引いた。

「大切な身体が冷えてしまっては大変だわ。早く中に入りましょ」

「これくらいへっちゃらですよ。翠花様はお優しいですね」

そうやって笑いながら、桜綾は私の好きにさせてくれる。

「今日は桜餅《さくらもち》を持ってきました。桜を見ながら一緒に食べましょう！」


九年前から続く一連の騒動を経て、私は不思議な巡り合わせというものを、身をもって知った。一度は、心が離れてしまったと思っていた飛龍も。ものすごく恐ろしく見えた暁明も。今となっては、「そんなこともあったなあ」と懐かしくなるような関係だ。

その中でも桜綾は、「まさか、このひとと仲良くなる日が来るなんて！」と、昔の私が知ったら仰天すること間違いなしのナンバーワンだ。

「ふう……。あんことお茶は、文句なしのマリアージュね……」

「花より団子とはこのことですね。お花もいいけど、やっぱり癒《いや》しは甘味です……」

一緒にお茶を飲んで、私と桜綾は同時にホッと息を吐《つ》く。私が六年間眠っていたせいで見た目は少し離れてしまったものの、仲良くなるのに年齢は関係ない。

桜綾は明るくて、ハキハキしていて、話がとても面白い。おまけにものすごく気が合うことがわかって、昔の因縁が嘘みたいにあっと言う間に仲良くなった。もっと早く、こうして桜綾と話せていたらよかったのにと、六年前をもどかしく思うくらいだ。

そもそも彼女は、結果的にそうなってしまっただけで、翠妃である私と対立するつもりは毛頭なかった。当時、皇帝から寵愛《ちょうあい》を受ける妃としての地位を築いていたけれども、あれは周大臣と対立する李家との共同戦線を隠すためのものだ。私を守ろうと内情を明かせはしなかったものの、当時も周大臣の手の中で病《やまい》に侵されていく私に、責任を感じてくれていたらしい。

それにしても、六年前の桜綾たちはなんて大胆な橋を渡ったんだろう。

飛龍と桜綾の関係は、完全なる契約婚。朝廷の権力争いが後宮に持ち込まれるのは歴史上よくあることだが、皇帝が妃を訪ねるフリをして、仇敵《きゅうてき》を倒すための算段を仲間たちと練《ね》っていたというのは、あまり例を見ないことだ。

周大臣もある程度はわかった上で飛龍たちを泳がせていたのだろうが、その結果、見事、周大臣の悪事を暴いたというのだから、まあすごい。しかも目的を達成したら、飛龍とはバッサリ離縁して妃の座を去るというのも、かなり潔《いさぎよ》すぎる。

隣で呑気に桜餅《さくらもち》を食べている姿は平和そのものだけど、もしかするとこの子、かなり豪胆の部類に入るんじゃないかしら。泰然と結婚したのも、彼女から猛アプローチしたからのようだし、どんなふうにふたりはくっついたのかしら……？

「ねえ、桜綾。泰然とのなれそめって、聞いてもいい？」

「あれ？　翠花様にお話ししたことありませんでしたっけ？」

「月詠の儀で、肉食がどうとか、周大臣のことが終わってからすぐに祝言をあげたとかは聞いていたけど……。ちゃんと聞いたことはなかったなと思って」

「ああ、そっか。ほんのさわりしかお伝えしていませんでしたね」

見間違えかもしれないけど、桜綾の目がきらんと光った気がする。

ひと口お茶を飲んで喉《のど》を湿らせてから、彼女は肉食女子らしくぺろりと舌を見せた。

「いいですね。少々長くなりますが、どうぞお付き合いくださいませ」


遡《さかのぼ》ること、二十年前――

桜綾は、記念すべき第一回目のプロポーズを泰然にした。

「二十年前って……四歳⁉　おませさんすぎない⁉」

「それを言うなら、翠花様と我が君も、かなりのおませさんじゃないですか。六歳と七歳で結婚の約束をしたんですから」

「いや、子供の頃の三歳は大きい……いいや。話が進まないから次行こう、次！」

当時泰然は六歳の男の子。既《すで》に李家の男児として、皇族に仕えるためのアレコレを学び始めていた。

そんな聡明で優しい男の子に、桜綾はプロポーズし——撃沈したらしい。

「なんで？　小さい頃の桜綾、絶対可愛いのに！」

「もちろん、私たちが李家だからです。私は皇族に嫁《とつ》ぐことを期待されてましたし、泰然も李家の男としてそれを応援しなくてはなりません。子供のころから真面目だったから、いじらしく四歳児に説いたんですよ」

だけど桜綾は諦めなかった。むしろハートに火をつけた。

「一生かかっても、絶対この子をオトす。幼心に、そう誓いましたね」

いつもの可憐《かれん》な笑顔からは想像もできないような悪い顔で、桜綾はそう話す。

猪突猛進《ちょとつもうしん》肉食女子、ここに爆誕である。

「以来、私は数えきれないほど泰然にアタックしました。告白しまくるとか、恋文を書くというだけじゃありません。ハニートラップもかけましたし、ラッキースケベも演出しました。そうそう。下町で占い師から仕入れたあやしい薬を盛ったこともありましたっけ」

「懐かしそうに話しているところ悪いんだけど、犯罪じゃない？」

「生憎《あいにく》、媚薬《びやく》は不発だったんですよ……。媚薬《びやく》を飲んでしまったことを知ったときの、泰然の可愛さと言ったら！　顔を真っ赤にして私を遠ざけようとするもんだから、その場でペロッと食べちゃいたくなりましたね」

「言っちゃったよ、媚薬《びやく》って！　ていうか、むしろ周大臣との諸々が片付くまで、よく泰然が無事だったよね。そっちを感心しちゃったんだけど⁉」

いや、無事だったのかな。無事ってなんだろう……？

一瞬、深淵《しんえん》を覗《のぞ》いてしまった気がしたものの、私は慌てて現実に戻ってきた。なんのかんので、その後の桜綾は飛龍に嫁《とつ》いでいるんだし、泰然に滅多なことはしていない……はず。うん、そういうことにしておこう。

「契約結婚ではあるけれど、そんなに泰然一筋なのに、よく後宮に入る気になったね。もしかして、李大臣──お父様の方針でどうしても、とか？」

少し迷ったけれど、私は核心に触れてみた。

猪突猛進《ちょとつもうしん》型の肉食女子といっても、桜綾は李家のお嬢様だ。どんなに意志が固くても、家の方針は絶対。それで逆らえず……とかだったら、どうしよう。

心配した私をよそに、彼女はケロッと首を横に振った。

「父は関係ありませんね。私、父に言われて諦めるほどやわじゃないですし、最悪、泰然をさらって逃げちゃえばいいやって思ってましたから」

「桜綾がさらう側なのね……」

「ちなみに、いつでも実行できるように、隠し馬車と隠れ家《かくが》、あと口の堅い協力者を複数名用意してました」

「思ったよりガチだった！」

怖い！　怖いよこの子、肉食ガチ勢だよ！

「それらを使わず、私が後宮入りを決めた理由。それは、私なりに周大臣をこのままにしてはいけないという思いがあったからと……一番は、相手が我が君だったからです」

それは、その、どういう意味だろう。

途端に胸がざわついて、私はそわそわと身体を揺らした。

桜綾が後宮入りした頃。それは私が翠妃として龍華国に迎えられる半年前だ。

当時、飛龍は青年としての凛々《りり》しさが備わり出したところ。美少年の愛らしさの面《おも》影《かげ》を残しつつ、ぐっと色気を増していて、端的に言えばすごくかっこよかった。

そんな相手だから、嫁《とつ》いでみてもいいかなって思ったってこと……？

突如浮上した可能性にうじうじしていると、気づいた桜綾が慌てて首を横に振った。

「違います、違います！　我が君を好ましいと思ったのは、私と同じで、我が君の心を既《すで》に別の誰か……翠花様が占めているとわかったからです！」

「わ、私⁉」

「だって考えてみてください。以前は部屋にこもりきりだった我が君が、珀虎国で武芸の達人の下で腕を伸ばし、こちらに戻ってからも武芸を続けたいと空龍陛下にお願いされたんですよ。そんなの、珀虎国で出会った誰かのため、腕を磨きたいと思ったからに決まってるじゃないですか！」

「そ、そうかな……？」

そうとは限らないんじゃないかな。たとえば、珀虎国で弟子入りした私のお爺様《じいさま》、つまり伝説の武将・琳炎徳に憧れたとかかもしれないし。

そう思ったけど、訳知り顔で頷《うなず》く桜綾はマイペースに話を進める。

「いえいえ。わかりましたとも、わかりましたとも。おかげで、今や我が君は立派な細マッチョ！　女官たちから聞いておりますわよ？　我が君は毎夜、翠花様をお姫様抱っこして寝所に連れていかれるんだとか」

「…………」

「はい、急に耳が聞こえなくなりましたね！　話が進みませんので、次へ向かいましょう、次！」

その頃、李大臣をはじめとする一部の要人から疑われていたものの、周大臣の権力は絶対的だった。たった十五歳で皇帝に即位し、しかも、皇位継承権のかなり下位にいたせいで後ろ盾もない飛龍では、到底口を出せない状況だった。

だからこそ李大臣は、対周大臣の派閥をまとめる狼煙《のろし》とすべく、桜綾を飛龍に嫁《とつ》がせようとする……

その密約を交わすため、李大臣と泰然に連れられて密《ひそ》かに飛龍と謁見《えっけん》した場で、桜綾は盛大にぶちかましました。

「私は陛下に申し上げました。私は、ここにいる泰然を運命のひとと心に決めています。無事に周大臣の陰謀を暴いたら、どうか私と離縁してくださいませ、と」

「うわあ。阿鼻叫喚《あびきょうかん》……」

「父上と泰然の青ざめた顔といったら！　父上は泡噴いて倒れそうになるし、泰然は泰然で『桜綾に代わり腹切りします、むしろさせてください、我が君！』って泣き出すし、あれは大層賑《にぎ》やかで面白かったですね」

純粋に懐かしそうに笑う桜綾に、私はドン引きした。

この子あれだ。味方にいたら心強いけど、敵に回したら怖いタイプだ。

——あれ？　味方でも普通に怖い気がしてきた、なんでだろうな？

「そ、それで？　飛龍はなんて答えたの？」

「これがまた名言で！　身を乗り出して指を絡め、我が君はこう言ったのです。——問題ない。俺も、心に決めた嫁がいる」

キリッとキメ顔で、声真似をする桜綾。次の瞬間、「つまり、翠花様のことなんですけどね～！」とケラケラ笑っているけど、全然笑い事じゃない。

その会議に居合わせたひとたち——具体的には李大臣と泰然は、よく胃痛とかで倒れなかったよね。そして泰然。苦労の多い人生を歩んできたんだね……

「まあまあ。そんなわけで、無事に後宮入り問題もクリアしまして。めでたく泰然との結婚にこぎつけたわけです」

「思ってた以上に大波乱だったのね。六年前にうじうじ悩んでた私に教えてあげたいわよ」

なんだかどっと疲れて、私は首を横に振った。

桜綾が泰然ひと筋だったことや、飛龍と桜綾がそんなやり取りをしたことの一部でも知っていたら、六年前の私はあんなに悩むことはなかっただろう。とはいえ、それだけ秘密主義を貫《つらぬ》いたからこそ計画はうまくいったのだと、今なら納得できる。

私がやれやれと肩を竦《すく》めていると、桜綾はすまなそうに眉尻を下げた。

「翠花様には何ひとつ明かさず、本当に申し訳ないことをしました。だからこそ、今度は翠花様に、世界で一番幸せになっていただきたいんです」

「世界一だなんて大袈裟《おおげさ》よ」

「大袈裟《おおげさ》なんてことはありません。翠花様はたくさん悲しい思いをして、つらい経験もされました。ここから先の日々には、溢《あふ》れてしまうくらいの幸せが凝縮されてなければ、釣り合いがとれないじゃありませんか」

「そんなものかしら……？」

「そんなものです。ですから陛下には、目一杯頑張ってもらわなくちゃ！」

力強く言って、桜綾が両手をグッと握る。なんというか圧が強い。飛龍に限ってはあり得ないけれども、もしも再び私が泣かされるようなことがあれば、首根っこを捕まえてとっちめてやるという、強い決意を感じる。

とはいえ、私は既《すで》に結構幸せだ。――というか、これ以上飛龍に本気を出されたら、本当に心臓がもたなくなっちゃう。

その日も飛龍は、夕方にはいそいそと翠玉宮にやってきた。

ちなみに最近の彼は、政務に当たる日中を除くと、ほとんどの時間を翠玉宮で過ごしている。あまりに龍玉殿の私室に戻らないため、「本格的に、スイと暮らす部屋を整えようかな」と笑っている。冗談めかした口調ではあったけど、最近、泰然がバタバタと慌ただしく駆けまわっているので、おそらく本気《マジ》の大本気《おおマジ》だ。

飛龍がそんなに、翠玉宮で何をしてるかって？　もちろん、ひたすらに私を甘やかしてくるのですとも！

「ほら、スイ。口を開けて」

「自分で食べれるってば……」

切れ長の美しい目を甘く細め、飛龍は琥珀糖《こはくとう》を指の先に摘まみ、私の口先に差し出す。私はなんとか顔を背《そむ》けようとするけど、逃げる場所なんかない。だって私は、飛龍の膝の上にすっぽり囚われているのだから。

「どうしたの、恥ずかしがっちゃって。可愛いね、スイ」

顔を真っ赤にしてそっぽを向く私に、飛龍が楽しげに囁《ささや》く。

色々と近い！　背中は布越しに飛龍の体温を感じるし、ちょっとでも振り向いたら彼の薄い唇に頬が触れてしまいそう。なんだか居たたまれなくてそっぽを向いているのに、私が逃げようとすればするほど、彼は嬉しそうな顔をする。

満面の笑みで私の頬をふにふにつつく飛龍に、私はついに限界を迎えた。

「……っ、もう！　今の私は、お猫様のスイじゃなくて、人間の翠花なの！　そんなに世話を焼かなくたって、自分でできるから大丈夫！」

飛龍の腕をぐいぐい押して抵抗すると、彼はきょとんと瞬《まばた》きした。やがて不思議そうに、こてんと首を傾《かし》げる。

「それ、何か関係ある？」

「へ？」

「スイが人間だったら、俺がお世話しちゃいけないなんてこと、ある？」

いや、だって、人間の手があればなんでもできるし……。

頭の中ではそう突っ込みが溢《あふ》れているのに、あまりに飛龍が「当たり前でしょ？」

みたいな顔で言うから、私は二の句が継げなくなってしまう。

そんな私の頭を優しく撫《な》でて、飛龍はうっとりと微笑《ほほえ》んだ。

「スイが猫でも人間でも、俺がずっとお世話してあげるよ。スイが口にするものは全部俺が食べさせてあげたいし、スイがどこかに行きたいときは俺が運んであげる。むしろ君が、俺なしでは生きていけなくなったら素敵だな」

「え、ええ……？」

それは、さすがに困る。

具体的に何が困るかは即答できないけど、本能的にコレ、頷《うなず》いちゃいけないやつだ！

私が顔を引《ひ》き攣《つ》らせていると、飛龍はさっきまで漂《ただよ》わせていた妖艶《ようえん》な色気が嘘みたいに、にこっと爽《さわ》やかな笑みを浮かべた。

「……なーんて、ね！」

「いやいやいや！　絶対本気だったじゃん！　目が笑ってなかったじゃん！」

「あはは。そんなに慌てちゃって、スイは可愛いなあ」

「慌てもするからね⁉　飛龍の闇落ちモード、シャレにならないから！」

具体的には、昔――私が眠り姫の呪いから目覚める前、お猫様として飛龍に飼われていた時期とかね！　あの頃の、心をすり減らしたような仄暗《ほのぐら》い感じ、割とトラウマだよ！

……ふう。それはそれとして、だ。飛龍は私を最大限に甘やかしてくれているけど、本当にそれだけでいいのだろうか。

たしかに飛龍は楽しそうだ。私の世話を焼いているときはイキイキしているし、わあわあ騒ぐ私を、ひどく嬉しそうに眺めている。

だけど大前提として、私はペットではなく、妃だ。そして夫婦とは、互いに対等に助け合うものだと、私は思う。

「ねえ、飛龍。私にも、できることがあったら言ってね？」

飛龍に手を重ねて見上げると、彼は再び小首を傾《かし》げた。その吸い込まれそうな、深い藍色《あいいろ》の瞳を見て、改めて思う。

……うん。夫婦がどうあるべきとかは、あくまで言い訳だ。

もっとシンプルに。単純に私が、飛龍の力になりたい。

「飛龍は私にたくさん愛を伝えてくれるけど、私はもらってばかりで……。私も、飛龍にお返しがしたい。だって、私にとって飛龍は大切だから」

「スイ……」

長いまつ毛を震わせ、飛龍がゆっくりと瞬《まばた》きする。かと思えば、彼は柔らかく、どこまでも温かな笑みを浮かべた。

「そんなこと気にしてたの？　スイは優しいね」

「だって、私は飛龍みたいに、飛龍のために色々できてないし……」

「スイのお世話は好きでしてることだよ。それに、言葉では言い表せないくらい多くのものを、俺はいつも君からもらっている。だから、スイが気にする必要なんて、ひとつもないんだよ」

「私が、飛龍に？」

「うん。たくさんの愛と、幸せを。だから俺は、とっくに満たされているよ」

飛龍が私の肩に頭を乗せ、スリと頬を擦り付けた。大きな猫みたいな仕草に、不覚にもキュンと胸が鳴る。猫のときの私のクセが、飛龍にも移っているのかもしれない。

だけど、これじゃ結局、私が甘やかされているだけでおしまいだ。

むむむと唇を尖《とが》らせていると、飛龍がくすくす笑って人差し指を立てた。

「わかった。じゃあ、ひとつだけお願いを聞いてくれる？」

「っ、お安い御用よ！　ひとつと言わず、いくつでも。さあ、何がお望み？」

「ふふ。威勢がいいね。とっても大事で、すっごく重要なお願いだよ。だから、ひとつだけで大丈夫」

ニコッと笑って、彼は再び小首を傾《かし》げる。

「どうか、最期の日までそばにいて。――俺はこれまで以上に、スイにたくさんの愛を伝えていく。君を目一杯幸せにする。それを、全部受け取ってほしい。それが、俺のお願い」

「何それ？」

ぽかんと、私は呆気《あっけ》に取られる。

だって、そんなの――

「そんなの、お願いにならないわ。だって私、貴方の奥さんだもの」

心から疑問で、飛龍にそう答えた。なのに飛龍は、ちょっぴり泣きそうな、蕩《とろ》けるような笑みを浮かべて私を抱き締める。

「――ありがとう。俺は本当に、幸せだ」

「こら、飛龍！　ほかのお願いは？　おーねーがーいー」

「ほかなんかないよ。さっきのが最大、最高のお願いだ」

「だから、さっきのじゃお願いにならないって……むぎゅ」

飛龍の柔らかな唇に、言葉を塞《ふさ》がれる。次第に甘く、深くなっていくソレにふわりと境界線がなくなっていく感覚がして、私は静かに目を閉じた。

飛龍のお願いを引き出すことはできなかったけれども、仕方がない。それに、焦《あせ》る必要なんかないんだ。だって時間はたっぷりある。

私と飛龍の物語は、まだ始まったばかりなのだから。

神さまお宿、あやかしたちとおもてなし
鈴の恋する女将修業
1~2
Naomi Satsuki
皐月なおみ
もふもふイケメン神さまに強制嫁入りします!?
あやかしと人間が共存する天河村《てんかわむら》。就職活動がうまくいかなかった大江鈴《おおえすず》は不本意ながら実家に帰ってきた。地元で心が安らぐ場所は、祖母が営む温泉宿『いぬがみ湯』だけ。しかし、とある出来事をきっかけに鈴が女将の代理を務めることに。宿で途方に暮れていると、ふさふさの尻尾と耳を持つ見目麗しい男性が現れた。なんと彼は村の守り神である白狼『白妙《しろたえ》さま』らしい。「ここは神たちが、泊まりにくるための宿なんだ」突然のことに驚く鈴だったが、白妙さまにさらなる衝撃の事実を告げられて——!?
◎定価:各726円(10%税込み)
●illustration:志島とひろ

時は大正。あやかしが見える志乃は親を亡くし、親戚の家で孤立していた。そんなある日、志乃は引き立て役として生まれて初めて出席した夜会で、由緒正しき華族の橘家の一人息子・桜虎《おうこ》に突然求婚される。彼は絶世の美男子として名を馳せるが、同時に奇妙な噂が絶えない人物で——警戒する志乃に桜虎は、志乃がとある「条件」を満たしているから妻に選んだのだ、と告げる。愛のない結婚だと理解して彼に嫁いだ志乃だったが、冷徹なはずの桜虎との生活は予想外に甘くて……!?

◉定価：726円（10%税込）　◉ISBN:978-4-434-33471-9　◉Illustration：櫻木けい

この作品に対する皆様のご意見・ご感想をお待ちしております。

おハガキ・お手紙は以下の宛先にお送りください。

【宛先】

〒 150-6019 東京都渋谷区恵比寿 4-20-3 恵比寿ｶﾞｰﾃﾞﾝﾌﾟﾚｲｽﾀﾜｰ 19F
（株）アルファポリス　書籍感想係

メールフォームでのご意見・ご感想は右のＱＲコードから、
あるいは以下のワードで検索をかけてください。

アルファポリス　書籍の感想　検索

ご感想はこちらから

ALPHAPOLIS WEB CITY SINCE 2000

アルファポリス文庫

後宮《こうきゅう》の不憫妃《ふびんひ》
転生《てんせい》したら皇帝《こうてい》に"猫《ねこ》"可愛《かわい》がりされてます

枢 呂紅（かなめ ろく）

2024年 2月 25日初版発行

編　集ー黒倉あゆ子
編集長ー倉持真理
発行者ー梶本雄介
発行所ー株式会社アルファポリス
〒150-6019 東京都渋谷区恵比寿4-20-3 恵比寿ｶﾞｰﾃﾞﾝﾌﾟﾚｲｽﾀﾜｰ19F
TEL 03-6277-1601（営業）　03-6277-1602（編集）
URL https://www.alphapolis.co.jp/
発売元ー株式会社星雲社（共同出版社・流通責任出版社）
〒112-0005 東京都文京区水道1-3-30
TEL 03-3868-3275
装丁イラストーノクシ
装丁デザインー西村弘美
印刷ー中央精版印刷株式会社

価格はカバーに表示されてあります。

落丁乱丁の場合はアルファポリスまでご連絡ください。

送料は小社負担でお取り替えします。


ISBN978-4-434-33361-3 C0193